ヒマラヤ病院物語

藁科裕之

目次

ヒマラヤ病院物語

「はずめまして、わだば日本のゴッホ、山下清だす」

わだばって、その青森弁？　津軽弁？　は、棟方志功先生の専売特許でしょ。それに、あんた先週まで「オレは、吉田茂だ。言うこと聞かないと水ぶっかけるぞ」って威張ってませんでしたっけ。ヒロシは、声には出さず心の中でそんな突っ込みを入れてみた。言ってもしょせん無駄なのだ。

四角く千切ったダンボール片に貼り絵で山下清と書いた名刺らしきものを、むんずとヒロシに差し出した男の姿をしげしげと見れば、小太りのごま塩頭で、山下清画伯に似ていなくもなかった。前任者の確定診断では、彼は妄想型の分裂病だが、ヒロシは、解離性同一性障害、いわゆる多重人格ではないかと疑っていた。

つい最近、精神分裂病が統合失調症に言い換えられるようになったのだが、ヒロシはまだそのことに慣れていなかった。

「スギシタさーん、元気ですかー？」

「いんえ、わだば山下清こと大橋清治ですって。なんど言わせば分がるのんさ」

「山下さんっ、元気ですか！」

「だあー！！！」

先代院長の時代に作成された病院開設三十周年記念誌を繙（ひもと）くと、当時の著名な患者がイニシャル入りで紹介されているのだが、そこには、斉藤茂吉の生まれ変わりや高瀬舟の季節になると森鴎外の娘を名乗る貴種流離譚をダリが絵に描いたような老嬢、あるいは明治の元勲の落胤が外国航路で妾に産ませた二世、高村智恵子のひ孫などと主張する人たちが連なっていた。山下清など歯牙にもかけない大物ばかりであった。

一陣の夏風が吹き過ぎて、黄ばんだカーテンがめくれると黒く太い鉄格子が覗けた。この棟方志功が憑依した山下画伯、なかなかの知恵者で、味噌汁の残りをこの鉄格子に少しずつ振り掛けるのを日課にしていた。実は、黒く塗装して鉄製に見せかけてはいるがステンレス製なので、残念ながら彼の行為は徒労であった。建築基準法だったか監獄法だったか、法令でちゃんと決まっているのだ。

どこで手に入れたのか、彼は、まるでコントの小道具のようなぶ厚いメガネをかけていた。いや、このメガネをかけ始めたのはつい最近のことなので、こっそり抜け出して昨年近所にできた百円均一で手に入れたのだろう。

先ほど看護師に「あぁ」と促されて大量の処方薬を飲んでいるにもかかわらず、いつにもまして今朝の彼は饒舌だった。

「せんせっ、わだば、前の戦争のいつか覚えちょりませんが、駅の待合のベンチに夜寝ていたときのことでごんす。いい心持ちで寝ていたところを官憲の手先の犬畜生が、あっちの鼻を捻るようにつまんで、でっかい声で『こらっ、お国の役に立たない×××が、こんなところで寝ちゃいかん』って怒鳴るもんだから、俺はとっさに枕にしていた下駄を振り回して、そのばかたれ巡査の頭をはたいてやったのよ。そしたら、頭の鉢がぱっくりきれいに二つに割れて、真っ赤な血がどばっーと噴き出しちまった。江戸っ子のあっちは、思わず、『たまやっー』って叫んだね。で、血糊のべっとりと付いた下駄をかまわず履いて、大慌てで逃げて来たってわけでさ」

で、なぜか気がついたらこの病院に入院していた、と言うのだ。

カルテに本日の日付だけ記して、朝の回診を終えた。日付の後ろには、後でまとめて県の保健所の保健予防課長上がりの事務長兼事務員が「変わりない」旨の記入をすることになっている。

百畳ほどの大空間に背の低い、囲いも何もないベッドが迷路のように並べられていた。ほんの十数年前までは、まるで野戦病院のように隙間なくベッドが並べられていたものだが、この病院も今では通院治療主体に切り替わっていた。患者たちは、おおむね静かに仰臥している。

現在地に病院を移転、新築した当時は、周囲は田畑のみで、梅雨の時期にはカエルの鳴き声で眠れないほどだったと伝え聞くが、現在では住宅街の一角になってしまった。新築の記念に敷地の周りに塀代わりに植えられた百本のヒマラヤ杉が今や三十メートルを優に超える高さに育っていた。戦後しばらくは脳病院と呼ばれていたが、今は、ヒマラヤ病院（正式名称　権田原記念脳神経科病院）といつのまにか「杉」抜きで市民の間では親しまれ、一種のパワースポットとして人気化していた。一世を風靡したアニメの恋人達が別れを告げる場面の背景として描かれたこともあって、アニメファンの間では、「聖地」となっていた。以前、院長がしみじみと話してくれたことがあった。

「ヒマラヤ杉ってスギ科じゃないんだよね。松の仲間なんだよね。松なのに杉。杉に見えて松。なんかとっても象徴的だよね」

ヒマラヤ杉並木の内側と外側で、果たして何が違うのだろうと、当直の夜などによくヒロシは思うのだった。

早朝回診を終えて、医局の自分のデスクで仕出し弁当、これは作業療法の一環で回復期の患者たちに作らせていた、を機械的に食べていると、院長が呼んでいるという。

ちなみに、食材に使われる野菜類の大半は、病院の敷地の東隅にある一アールほどの野菜畑で、これまた作業療法の中で患者たちが育てていた。

分厚いマホガニーの一枚板でできた院長室のドアをノックすると、いつものことながら乾いたいい音があたりに響いた。中で返事があったとしても聞こえないので、そのままドアを開けた。

遠くに三代目院長、権田原偉三郎の姿があった。遠近法を巧みに用いた建築で距離感を稼いでいたが、実は大股で五歩程度の距離しかなかった。建築した先代院長の趣味で、病院のそこかしこに不思議な仕掛けが施されていた。不安定な患者をより不安定にして入院を長引かせようとでも考えたのだろうか。大股に五歩進んで院長の目の前に出た。童顔で年齢不詳だが、おそらくカツラだと思う。なぜか、泣いた後のように目の縁が赤かった。

「僕ね、いいことを思いついちゃったんだ。聞いてくれる？」

そのために呼んだんだろうが、とは思ったが、黙ってヒロシは頷いた。

「あのね。ヒロシ先生もさ、ケムの木学園って知ってるでしょ。こないだ深夜映画で僕見ちゃったんだよね。ケムの木の詩。よかったな。マリー先生、いいよねえ。今お幾つなのかなあ。で、うちの患者さんにも絵を描かせてみようと思ったの。いわゆる絵画療法。で、やっぱり教える人が必要だよねえ。で、うちには今ちょうど巨匠が入っていますでしょう。ヒロシ先生のお力でなんとかならないかなあって思って」

返す言葉が見つからなかったが、黙っている訳にもいかず、「巨匠というのは、山下清画伯のことでしょうか」と一応尋ねてみた。

「ピンポーン。大当たりです。山下画伯。まずね、山下先生の個展を開きましょ、ここで」

「しかし、山下先生、うちに来てからまだ一つも貼り絵も何も作っていませんが」

「そうだよねえ、まだ山下画伯になって日が浅いもんなあ」

分かっているじゃないですか。それなのに、なぜ?

「おっしゃるとおりです、院長。彼は、それほど器用な人間ではなく、ましてや没頭して貼り絵をするような人間じゃありません。このお話、かなり無理があるかと」

「いいよ、いいよ。本人が作れないんだったらオークションとかリサイクルショップとかでいくらでも集められるでしょ。もう、ポスターも頼んじゃったし、マスコミにも声かけちゃったんだ。ごめんね、大変だとは思うけど、後は事務長と相談して、よろしくね！」

どおりで、回診が終わった後にいつものように朝の挨拶をしても事務長が顔をそむけた訳だ。

ということで、それから二ヶ月間、ヒロシたちは、「平成の山下清展」の準備に忙殺された。あらゆるところから山下清の贋作、模倣作を大量に仕入れ、署名が入っていれば削ったうえで、平成の山下清ことキヨシ・スギシタにそれぞれちょっとずつ手を加えさせる。院長は、当初、院内を開放して展覧会場にするつもりだったのだが、さすがに準備が追いつかないので、テロの危険性があるからと言い切って、近所の公民館を借りることにした。わずか二ヶ月で一般市民の目に触れても違和感のないような病棟、病床、病人に仕立てあげることなど到底できるわけがなかったからだ。

「ヒロシくん、ヒロシ君」

別棟の廊下をヒロシがあわただしく歩いていると、白衣に身を包んだ上品な銀髪の初老の男性に呼び止められた。

「何ですか、ツヨシ先生」

先生と言っても、勿論ドクターではないし、教育者でも政治家でもない。ただの患者だ。自称、元大学教授。蛍商科大学商学部経済学科夜間部特認教授。入院してそろそろ二十年か。先生あるいは教授と呼ばないと、とたんに機嫌が悪くなる。この患者は、いわゆる「晩年軽快」でもはや入院の必要はないのではとヒロシには思えるのだが、主治医の院長にその旨聞いてみると、「案外そうでもないんだよね」と言葉を濁したことがあった。

ちなみに、蛍商科大学はわが国最北の国立商科大学で、冬期間は完全に雪に埋もれてしまうため、敷地内に学生の約七割を収容可能な巨大な学生寮を持ち、地上がたとえ吹雪いていても地下通路を通って安全に講義棟へ行くことができる、らしい。「先生」の専門は行動経済学で、機嫌のいい日には大学紀要に載った論文を見せてくれるのだが、あまりにも誰かれなく見せびらかしているせいか、紀要の表紙は擦り切れ、中身も倍ほどに膨れ上がり、まるで蛙を飲んだ蛇のようだった。

「ヒロシ君、近頃、君忙しそうだね。例のあれ、忘れたわけじゃないよね」

(例のあれって何だっけ、忘れちゃったよ、ていうか一体何の話だ?)

「ええ、ええ。分かっています。いましばらくお待ちください」

おそらく退院の話かなんかだろうと思って、ヒロシは、適当な返事をしておいた。近頃、忙しさにかまけて患者の話をいちいち覚えていられないので、もしかしたら、何か大事なことを忘れているのかもしれなかった。一抹の不安はあったが、今はそれどころではない。しかし、このことが後日重大な事態の発生を招くとは、その時にはよもや思いもしないヒロシだった。

ヒロシは、自分一人の力では到底このミッションをやりとげられそうになかったので、心理士のシゲさんの助力を仰いだ。シゲさんは、自称臨床心理士だが中卒で庭師の見習いとして権田原家に奉公に入っているので、臨床心理士の資格を持てるはずがなかった。臨床心理士というのは、心理士の世界では最高の資格だが、民間資格なので、自称しても周囲が信じていなければ罪にはならないのだ、とはシゲさん本人の弁なので怪しいことこの上ない。けれど、シゲさんは、勉強熱心の上に頼まれたらイヤと言えない性格なので、病院スタッフの間では大変に人気があった。但し、精神保健福祉士のダイちゃん若干二十八歳独身だけは、何か含むところがあるらしく、「いんちきシゲさん」と陰でくさしていた。シゲさんは、庭師だけあって芸術的センスも持ち合わせており、今回のミッションを手伝ってもらうには申し分なかった。なにせ自称ロールシャッハテストの鬼でもあり、例の判定図のバリエーションを独自に百枚以上も作っているほどなのだ。なお、シゲさんという通称は本名とは無関係で、風貌が巨人軍終身名誉監督・長嶋茂雄氏に似ているからということだったが、野球に全く関心がないヒロシには、何のことやらさっぱり分からなかった。

「ヒロシ先生、いつものお手紙届いていますよ」と看護師のエリサが、にんまりとチャシュー猫（正しくはチェシャ猫。筆者には、このような記憶違いが多い）の笑みを浮かべて、封書を渡してくれた。差出人の記名は無いが、切手のスタンプを見れば、内容は見ずとも分かった。スタンプ局は、ヒロシの出身の村のものだった。定期便である。内容は、ヒロシを税金泥棒と罵倒し、今の生活を揶揄し、将来の不幸を予言するものだった。いわば、不幸の手紙だ。ちなみに、ヒロシの生まれた村では、ただ一軒あるよろず屋が雑貨屋と郵便局と新聞販売店を兼ねていて、昼近い朝刊の配達時に郵便物も一緒に配達された。

「ヒロシ先生、相変わらずお元気ですか。当方は、ぎっくり腰で歩くこともままならず、これからやってくる厳しい冬の備えもはかどらず、気息奄奄、死にたい気持ちです。ヒロシ先生にあっては、おいしいものをたらふく食べ、優しい看護婦さんたちに囲まれて、さぞやご満悦な日々をお過ごしのことでしょう。今年の冬は、インフルエンザが大流行するとか。村人は、皆予防接種を希望していますが、村になぜかお医者様がおられないので、ヒロシ先生もご存じのように、お医者様のいる隣町まで三十キロの道のりを山を越え川を渡って歩いていかなくてはなりません。このままでは、この冬、この村にインフルエンザが蔓延して、村が滅亡してしまうかもしれません。ヒロシ先生のご帰還を待ちわびて早十数年、村は寂れるばかりです。わが村は、無医村のまま潰えてしまうのでしょうか。

今でも忘れはしません。十八歳のヒロシ先生が村民全員の期待を一身に背負って誇らしげに村を旅立った日のことを。わが村を無医村の汚名から解き放つために、ふるさと創生資金の大半を使って、先生を偏差値は日本で一番低いけれど学費は日本で一番高いと評判の、かささぎ医科大学に送り出した日のことを。ああこれで八年後には、わが村にも待望の診療所ができる、それまであと少しの辛抱だと村人全員が胸に思い、万感をこめて手に手に日の丸の小旗を振ったものでした。それがなんですか。一年留年しただけでなく、二回も国家試験に落ち、その上、村では必要のない精神科医になりさがるとは」

まだまだつらつらと恨みつらみが書かれており、その上毎回同封されているのだが、さらし者のようにヒロシの両親が、ヒロシの国試合格を待たずに建てられてしまった診療所の前で、なんとも情けない顔をして記念撮影された写真を見ると、どうしようもないことはいえ、ヒロシの方も死にたい気分になるのだった。

ヒロシとて、最初から縁もゆかりもないこのヒマラヤ病院で精神科医として働くつもりなど毛頭なく、ふるさとに帰り恩義ある村民たちに恩返しをするつもりだったのである。あの出来事さえなければ。

閑話休題と書いて、昔はよく「それはさておき」とルビを振ったが、今は知らない。展覧会開催まで一週間を切って、今日は地元新聞社の取材を受けなくてはならない。記者が来る前に平成の山下清ことキヨシ・スギシタの仕上がり具合を確認し、事前に質疑応答の模擬演習をやっておかなくてはならない。今日は、くよくよしている暇なんてないのだと、ヒロシは、丸まった今治タオル地のハンカチで乱暴に涙を拭って自分を鼓舞した。

午後三時過ぎにやってきた地元紙の記者は、大学出たての若い女性記者で、何もかもがぎこちなかった。しかし、院長はこれ以上ないほどに鼻の下を伸ばして、病院の生い立ちから始まり、なぜか遡って祖先が明智光秀の有力な配下であったなどというこれまでに一度も聞いたことがない話までし始めたので、ヒロシは気が気でなかった。

応接室を兼ねた院長室の壁は、黒光りするシダーローズでびっしりと埋め尽くされている。シダーローズは、ヒマラヤ杉の松ぼっくりのことで、乾燥したものの形状が薔薇の花のように見えることからその名前がついている。ちなみに、シダーは日本語では杉。これもまた、入院患者が作業療法のひとつとして作っている。

十一月から二月の間に、枝から離れて地面に落ちた松ぼっくりを手押し車で何杯分も回収し、大きな鍋で煮立てて殺虫処理をする。それから、網籠に入れて風のない晴れた日にゆっくりと乾燥させる。十分に乾いたら、松笠がぼろぼろと抜け落ちるのを防ぐためと艶を出すためにニスの中をくぐらせてやる。無数の赤黒い薔薇の花弁が蛍光灯の光をそれぞれの向きに反射させて、きらきらと輝いて見える。但し、その美しい壁面の真ん中に巨大な額が飾ってあり、見る者誰もが違和感を覚えて首を捻るのだった。それは、おおよそ四倍に拡大された院長の帝北大学医学部医学科の卒業証書だった。東北地方唯一の旧帝国大学の医学部を卒業したことが院長の最大の自慢だった。従って、この部屋に入るたびにヒロシの学歴コンプレックスは、鋭く刺激されずにはいられなかった。

展覧会は、ヒロシの予想に反して初日から大盛況だった。おそらく、十年ぶりにテレビドラマ「裸足の大将放浪記」の新作放映が始まったお陰であろう。清に扮する役者は、三代目に替わっていた。ちなみに、山下清と言えばランニングシャツ、短パン、日傘、リュックが定番だが、これはドラマ上のキャラクターデザインと言っても過言ではなく、実際に戸外で清がランニングシャツでいるところを撮影した写真は、何枚もない。そのうちの一枚は岡山後楽園でスケッチ中のものだが、よほど暑い日とみえて、後ろから清に日傘を差しだしている男性も上半身肌着姿である。また、「家族が語る山下清」という本があるが、その表紙を飾るイラストの清も線路の上に立ちこそすれ、背広にベレー帽を被っているのだ。

昨年、この松下町公民館（正式名称は、どんな国庫補助金を活用したのか分からないが、「松下町コミュニティプラザ・老人憩いの家」）では、開館三十周年事業が行われた。ヒマラヤ病院の住人たちも、プラザ敷地内の運動公園で行われた餅撒きに参加させてもらって、キヨシを筆頭にそれぞれビニール袋一杯の餅を持ち帰ってきた。そして、翌日の朝食で患者三人が雑煮を喉につまらせ、救急車を呼ぶ騒ぎになった。余談だが、日本では年間三百人ほどが餅を喉に詰まらせて死んでおり、特にご高齢の方は、くれぐれもご注意いただきたい。

会場となる公民館の玄関の自動ドアを抜けると天井の高いホールがある。この壁面をシダーローズで飾り付けようと院長が言い出して、ヒロシには到底手が回らなかったので、シゲさんに任せたところ、壁面一杯にシダーローズで作られた院長とキヨシの似顔絵が飾ってあり、入場者だれもがその精緻な出来栄えに驚いていた。

院長とキヨシの大きな似顔絵の出迎えを受けた後、入場者は大会議室に向かう。さすがに大会議室の中の展示は業者に依頼したが、しかし、ここにも院長のアイデアが盛り込まれていて、迷路のようにパネルが設置された。飾られた作品の位置も一見てんでばらばらのようでいて、実は見る者に不思議な快感を与えるように緻密に計算されていた。

そして、展覧会の主役、キヨシ画伯はどこにいるかというと。中会議室の中央部分にロープで結界のように規制線を張って、その中にキヨシは閉じ込められていた。といっても、拘禁されているわけではなく、キヨシの貼り絵する姿を見学者に見せるためである。もちろん、ランニングシャツ、短パン、ゴマ塩頭の皆さんおなじみのスタイルで。色紙（いろがみ）は、あらかじめ細かく千切って色ごとに紙袋に入れておいてある。そこからキヨシは、無造作に細片を取り出し、糊もつけずに画用紙に並べていく。練習の初期段階では、色紙に糊をつけさせて画用紙に貼らせていたのだが、キヨシ画伯は、思った以上に不器用で、塗布する糊の量を全く調整できず、糊がすぐになくなる上に、出来上がった作品は、立体地図ほど起伏にとんだものになってしまった。どうしたものか悩んだ結果、これもシゲさんの発案で、画用紙にあらかじめ両面テープを貼っておくことにしたのだ。これで、キヨシの作業は、千切った色紙を紙袋から取り出し、画用紙の上に無造作に置いていくだけになった。もちろん、これではどんな作品も出来上がらない。しかし、見物客はキヨシが作業している姿をせいぜいのところ二分三分眺めるだけだから、何を作っているのか、どんな出来栄えなのか分かりようがない。逆に、最後まで貼りきってしまうとボロが出る恐れがあったので、半分くらいまで貼ったら次の画用紙に移るように厳しく言いきかせておいた。

客層の中心は、やはり高齢者である。土地柄もあり、さすがに「大阪のおばちゃん」ほどにずうずうしい人間はいないが、それでも見物客の中にはキヨシに声をかけて、差し入れをしたり、記念撮影を希望したり、サインをねだる人たちが確実にいた。写真撮影や差し入れには応じてもいいが、サインはするなと指示しておいたのだが、色紙(しきし)とペンを差し出されるとどうにも我慢できないようで、色紙いっぱいに売れないタレントがよくするような絵文字入りの大層なサインをしていた。お金だけは絶対に受け取るなとこれもきつく言い置き、また場内にも婉曲にそのような注意書きを貼っておいたのだが、どうやら時折おひねりをありがたく頂戴しているようだった。二日目からは、会場の隅に監視カメラを設置することにした。これで犯行の一部始終を録画しておき、あとで魔法動物ニフラーのポケットから貴金属を吐き出させるように、一切の喜撰を取り上げなくてはならない。キヨシにお金を持たせると、脱走して近くの競輪場で散財し、やけ酒を飲んで調子を悪くするのが恒例行事だったから。

これは実に院長の最大の美徳と言っていいと思うのだが、院長には名誉欲は大いにあったが、ボンボン育ちのせいか、金銭欲はさほどなかった。従って、今回の偽キヨシの展覧会にしても病院のアピールや自身の自慢は至る所でしても、例えば入場料を取るであるとか、キヨシの絵やグッズを売ったりであるとか、そんなことはまるで考えていなかった。ただ驚いたことに、あのシゲさんに意外の商才があって、展覧会二日目から、どう院長を言いくるめたのだろうか、公民館の一室を借りてロールシャッハテストによる有料の性格判断及び人生相談を始めていたのだ。しかも、これが「よく当たる」と評判を呼んで、しだいにキヨシの貼り絵を見学するよりもシゲさんの相談室の方へと人の流れが変わる始末だった。

「最近、女房のそぶりが変なんだよ」と金持ちそうな高齢の男性。

「どうなさったのですか」とシゲさん。

「五十歳年下の女で、ちょっと弱ったふりをして、遺産をちらつかせて結婚したのが一年前。だけどこっちは、悪いところは一つもないし、あと十五年は大丈夫と医者も太鼓判を押している。そのことがバレちまってから俺に対する態度が怪しくなってきたんだ」

「どんなふうに」

「パソコンを熱心に見てたんで、こっそり覗いてみたら、『覚醒剤』について調べてたんだよ。そして、とうとう先週愛犬のピッキーが泡を吹いて死んじまった。俺は、どうしたらいいんだ」

この相談に対して一体シゲさんがどのような回答を口にするのか最後まで聞いてみたかったのだが、まだまだヒロシにはやるべきことが山のようにあり、後ろ髪を引かれながらその場を後にした。

八日間に渡る展覧会期間の折り返しの水曜日。なんとかこのまま無事に終わってくれればとヒロシが心密かに祈っていたところへ、シゲさんの成功に刺激を受けたのか、突然、院長が特別講演をしたいと言い出した。泣く子と地頭には勝てず、「長いものには巻かれろ」がモットーのヒロシであるから、セットしないわけにはいかない。講演は最終日にしていただくことにして、前日にキヨシの作業場を中会議室から小会議室に移し、空いた中会議室を講演会場とすることにした。会場の準備は、前日の夜にシゲさんと二人でなんとかできるが、問題は聴衆をどう調達するかだ。最初から決めてあったならマスコミを使って宣伝することもできたのだが、今からでは、展覧会場や病院内に手作りの告知ポスターを掲示するくらいしか手はない。しかも、演題が「精神医学の歴史について」だから、一般大衆が喜んで聞きにくるとは、とても思えない。かと言って、四～五人の客の前で院長に話をさせるわけにはいかない。事務長に頭を下げて、職員及び患者家族に緊急動員をかけるしかないだろう。胃がしくしくと痛み出した。なぜ一精神科医である自分がこんなことまでしなくてはならないのか。いくらなんでもひどいじゃないか。パワハラだ、過重労働だ、就労条件違反だと心の中でヒロシは叫んでみたが、院長にも事務長にも大きな弱みを握られていて、従わざるを得ないのだった。ヒロシは、これ以上ない苦い顔をして本日六錠目の胃酸ブロッカーを青臭いアロエジュースで喉の奥へ流し込んだ。

その晩、ヒロシは夢を見た。大きな構築物の中を、何かを探して、出口を探して、際限もなく歩き続ける夢だった。夢の中で、ああまた同じ夢かとも思ったが、それで安心できたわけではなかった。どんなに手をつくそうと核心に辿り着くことができない、いわゆるカフカ的悪夢だ。夢の中の大きな構築物にはいくつかのバリエーションがあって、その晩の夢では、それは揺れる巨大な船舶だった。巨大であることは確かだが、豪華客船ではない。廊下も階段も木製で、踏み歩くとミシミシと不気味な音が鳴った。窓はどこにもないのだが、波の音が絶え間なく聞こえる。閉じられた客室の扉が延々と続き、扉には何の表示もないので、現在位置を特定できない。途中から歩数を数えながら歩いたが、千歩を数えてまだ先が見通せなかった。所々に設えられた行燈の微かな灯りがどこまでも続いている。もしかしたら船内というのは誤解で、船が揺れるように感じるのは、自分の体が揺れているためで、一向に終点が見えないのは、途方もなく長い回廊をただぐるぐると巡っているのかも知れない。波の音と思えたものは、おそらく自分自身の耳鳴りに相違あるまい。

ヒロシは、学生時代からずっと耳鳴りに悩まされてきた。今のところ聴力の低下には繋がっていなかったが、風邪などをひいて体力が低下したときには、やかましいくらいに耳の中に金属音が反響した。ヒロシの患者の中には、急性期に、頭の中で二億人がてんでばらばらに話をしていると訴える者もいるが、その感じはある意味理解できた。耳鳴りの大きさを測定できる機械がいまだ出来ていないのは、耳鼻科医の怠慢ではないかとヒロシは思っている。ついでに言えば、統合失調症患者の妄想を可視化する機械もウーロンマイクのような天才に発明してほしいものだ。目が覚めた後で、ヒロシは、夢の内容を米粒ほどに細かい文字で「夢ノート」に記した。自らに課している一種の精神療法だった。

「平成の山下清展　ヒマラヤに咲く奇跡の花」も無事最終日の日曜日を迎えることができた。カラッとした秋晴れにも恵まれ、また、地元紙が当日の朝刊でニュースとして再度取り上げてくれたこともあり、初日以上の人出となった。ヒロシの心配は杞憂に終わり、キヨシを移動させて確保した中会議室の八十一席もほぼ八割がたが埋まった。

「……それでは、当院院長権田原偉三郎より本展覧会を記念いたしまして、講演をさせていただきます。演題は、『精神医学の歴史について』です。それでは、権田原院長、よろしくお願いします」

司会は、キツネ顔の事務長にお願いした。

「私がただいま紹介を受けました権田原記念病院院長権田原偉三郎であります。本日は、お忙しいところ大勢の皆様のご来駕を賜わりまして誠にありがとうございます。では、さっそく精神医学の歴史につきまして、ごくかいつまんでお話をさせていただきます。

昔、この病を持った人たちは、ひどい扱いを受けていました。フランス人の医師フィリップ・ピネルが女性の患者さんの体から鎖を外させている絵を、皆さんもご覧になったことがあるのではないでしょうか。日本でも戦前までは、特に田舎へ行くとまだ座敷牢というものが平気でありました。わけの分からないものとして、治療の対象ではなく隔離の対象だったのです。統合失調症が治すことができる病気であると認識されるようになったのは、抗精神病薬、ドパミン拮抗薬が開発されたごくごく最近と言っても過言ではないでしょう。

精神医学の歴史を語るに当たって、欠かせない人物が何人かおります。まず最初にご紹介しますのがドイツの精神科医エミール・クレペリン。この人は十九世紀後半から二十世紀初頭に活躍した人ですが、経過・予後の悪い症状群を統合失調症、そうでない群を躁うつ病と考え、統合失調症に対してデメンチア・プレコックス、すなわち早発性痴呆という名前を考案しました。

続いて、クレペリンとほぼ同時代を生きたスイスの精神科医オイゲン・ブロイラー。なんか鶏みたいな名前ですが、統合失調症の心理学的な理解を一歩進めて、スキゾフレニアという病名を一九〇八年に提案しています。スキゾは分裂、フレニアは精神という意味のドイツ語で、合わせて精神分裂病。つい最近、統合失調症と言い換えられるまで、長い間使われてきた病名です。ついでに言いますと、痴呆という言葉は認知症に呼称変更されましたので、先ほど出ました早発性痴呆という言葉もただいまでは、早発性認知症に変わっています。

次にカール・ヤスパースという実存主義の哲学者としても有名なドイツ人が一九一三年に『精神病理学総論』という教科書を著して、その中で統合失調症の代表症状である『妄想』を定義しました。また、同時代人のクルト・シュナダー、この人もドイツ人なんですが、現在でも使われている一級症状という言葉を作り、統合失調症の代表的な症状を列挙しました。

この後のことはちょっと省略させていただきますが、一九五〇年代に入りましてベイトソンというアメリカ人がダブルバインドという概念を発表しています。格好いい言葉なので一時期とてもはやりました。ちょっと乱暴な言い方になりますが、幼少期に受けたくれ騙しのような体験が分裂気質を助長するというものです。ここまでが、精神医学のいわば人文科学的発展の時代です。

　そして、一九五〇年代初頭に、抗ヒスタミン剤として開発されたクロルプロマジンに抗精神病作用が発見されまして、ついに薬物療法の時代が始まりました。ほぼ同時期に双極性障害の治療薬リチウムと抗うつ薬のイミプラミンも発見されています。クロルプロマジンの登場により不治の病であった統合失調症が『治る病気』になったのです。

　戦後、経済同様に精神医学の世界もアメリカがリードするようになりました。そして、先ほど述べましたカリスマ的な医学者たちは表舞台を去り、統合失調症といえども、いわゆる『根拠に基づく医療』の対象となったのです。

　現在、ＭＲＩなどの検査機器の進歩とそれに伴う脳科学の発達により、統合失調症に関しても様々な知見が積み重ねられております。例えば、機能的脳画像の異常として、安静時と課題遂行時に前頭前皮質の活動減少またはノイズの増大が認められています。色々なことが分かってきて、統合失調症の原因についても様々な仮説が提出されています。例えば、ドパミン仮説、異常セイリエンス仮説、神経発達障害仮説、脆弱性・ストレス仮説、グルタミン酸仮説などなど。

　この中で異常セイリエンス仮説というのは、ごく最近トロント大学のシティジ・カプア医師が提唱した仮説でありまして、セイリエンスというのは顕著性などと訳されていますが、いわば格付けです。通常我々は、電車の中で友達の声を騒音の中から拾って聞き取ったり、孫の声は分かるけれど、古女房の声は雑音にしか聞こえなかったりします。しかし、ドパミン神経系の働きが過剰になると、本来セイリエンスの低い刺激、例えば電車の中での他人の会話、これに高いセイリエンスが付いてしまう、というのです。それで、見知らぬ他人の会話が何か自分にとって重大なことのように、たいていは悪口に聞こえてしまうというのです。

異常セイリエンス仮説は、現在大変に有力な仮説の一つですが、弱点として、この仮説では、統合失調症の最大の特徴である、なぜ二十歳代前半を中心に発病するのかが説明できないとされています。これは私の考えですが、おそらく個人の中でセイリエンスの軽重が確立するのがこの時期なのかなと思っています。男性よりも女性の方が発症のピークが数歳後ろにシフトしている事実も私の理解を補強しているように思えます。

根本原因が解明されることは、結局ないのかも知れませんが、近い将来、他の病気同様に統合失調症においても遺伝子レベルでの治療が可能になるものと私は信じております。未来は、決して暗いものではありません。

最後になりますが、私の個人的なお話で本日の講演を締めさせていただきます。

現代は、自動車社会でありますから交通事故は必至です。車の性能の向上によって事故は確実に減ってきてはいますが、それでも毎年何千人という人々が犠牲になっています。この世から車が消えれば、事故の犠牲者もなくなります。しかし、言うまでもなくそれは不可能です。交通事故で亡くなられた方々は、この車社会の貴い犠牲者です。国営神社に祀られるべき人たちです。こんな話をするのは、五年前に私は、一人息子を交通事故で亡くしたからです。

加害者の方は、認知障害のある高齢者でした。ご家族も最近少し物忘れが多くなったなとは感じていたようですが、コンビニの駐車場でアクセルとブレーキを踏み間違え、車止めを乗り越えて、窓際にいた私の息子を押しつぶしてしまったのです。

現代社会における最大の課題がこの認知症です。高齢化社会の進展とともに患者さんの数は、うなぎのぼりに増えています。以前ならば症状を呈する前にお亡くなりになっていた方が、平均寿命が伸びることによってそうとばかりもいかなくなったのです。認知症の原因は分かりつつありますが、確実な治療法はいまだにありません。統合失調症におけるクロルプロマジンのような薬は、まだ発見されていないのです」

院長の話をここまで聞いたところで、シゲさんが頭を低くして忍び足で会場に入ってきて、最前列右隅に座っていたヒロシに一言耳打ちした。

「キヨシが逃げました」

まったく、なんてこった。ようやく、やっと、あとわずか数時間でこの茶番劇が終わろうというのに。院長の講演会にスタッフの大半を観客動員していたせいで、誰もキヨシを監視するモニターを見ていなかったのだ。忙しさにかまけて、キヨシからおひねりをまだ取り上げてもいなかったので、いまキヨシは、多少の現金を手にしていた。誰も監視していないことを察知して、これ幸いとトンズラを決め込んだのだろう。佳境に入った院長の話を打ち捨てて、ヒロシは、シゲさんとともに講演会場を後にした。

「どこ行ったんだろうね、まったく」とヒロシ。

「お足が入ったんで、いつものように競輪場に行ったんじゃないですか」とシゲさん。

思えばキヨシの人生は、逃走そのものと言ってよかった。格好良く言えば、自由からの逃走。今は誰も読まないエーリッヒ・フロム。「近代人は自由の重荷からのがれて新しい依存と従属を求めるか、あるいは人間の独自性と個性にもとづいた積極的な自由の完全な実現に進むかの二者択一に迫られる」（日高六郎訳）のだそうだ。フロムは、一九四一年に亡命先のアメリカでナチズムに隷属するドイツ国民の心理を「自由からの逃走」と分析して見せた。ちなみに、チャップリンの「独裁者」がアメリカで初公開されたのが一九四〇年十月で、そんなアメリカに日本が無謀な宣戦布告したのが一九四一年十二月。

キヨシが院長の講演のさ中に展覧会場から遁走してからあっという間に一ヶ月が経った。しかし、「見かけた」という連絡は、まだどこからも入ってこなかった。競輪場の監視カメラの映像を主催者の市から借りて確認したが、それらしい人物は映っていなかった。他人に危害を加えるような性格ではないので、大騒ぎにはしていないが、食い詰めれば盗みもするし、雨風をしのぐヤサも必要だろう。折悪しく、日本初の地域開催サミットが二週間後に迫っていて県警も開催地の警備に大量動員されているせいか、浮浪者の捜索どころではなかった。病院の玄関にも近所の駐在から配布された「テロ警戒中　〇〇県警」のポスターが掲示されていた。

テロリストが精神障害者を装って精神病院に潜伏しているというデマは、いつの時代でもささやかれる都市伝説のひとつだ。そういえば、「教授」の持ち物のなかに「バラバラ時計」というぼろぼろの小冊子があり、ヒロシが「これ何ですか」と聞いたときに、普段の教授らしからぬ慌てぶりだったが、あれは何だったのだろう。

というわけで、展覧会が終わってほっと一息つく間もなく、ヒロシはキヨシの捜索に診察の合間を縫って、右往左往、今度こそ本当にたった一人でことに当たらなければならなかった。

キヨシには、ビリー・ミリガンほどではないが、いくつかの人格があって、現在の人格が果たして誰なのか、それによって探索すべき場所も変わってくる。いなくなってからのこの一ヶ月は、山下清の線で競輪場の他に線路伝いを中心に探してきたが、何の痕跡も見当たらなかった。従って、既に別の人格に遷移していると考えるのが妥当だろう。カルテを見てみると、これまでに彼は、太宰治になりきり、三島由紀夫を演じ、ダリに扮し、吉田茂に転移し、山下清を主張するなど、十人ほどの著名人の名前がカルテには書かれていた。どうやら、奇矯な言動の芸術家が好みのようだった。

キヨシには、若い頃に一度、結婚詐欺で逮捕された経歴がある。当時、日系二世のパイロットを騙(かた)った結婚詐欺事件や大久保某による連続強姦殺人事件が世上を騒がせていた。しかし、これらの事件にキヨシが影響を受けた訳ではない。キヨシに積極的に女性を騙(だま)す意図はなく、結婚願望の強い相手の女性に様々な誤解を与えてしまったようだ。おそらく、その時のキヨシには太宰治が憑依していたのであろう。もてないわけがない。

これまでの妄想歴をじっくりと眺めて、失踪したり放浪したりする癖があるのは、山下清と太宰治の二人。おそらく、今回は山下清に続いて、再び太宰治がキヨシの視床下部に宿ってしまったのではなかろうか。そう名探偵ヒロシは、推理した。

ところで、一代でその地位を築き、霊言集を多数出版している有名な宗教家がいるが、ヒロシは、世間の評判はどうあれ、一概にその霊言を否定してはいなかった。どちらかと言うと信じていた。いや、信じたかった。海馬の歯状回で作られた記憶が大脳皮質に静かに蓄積されるように、故人の記憶が別次元のどこかに蓄積されていて、能力者のアクセスを待っていてもいいのではないか。もしかしたらキヨシもまた、その能力者の一人であるのかも知れない。

ちなみに、太宰治（本名津島修治）は、一九三〇年十一月に田部シメ子（別名田辺あつみ）と鎌倉の小動神社裏海岸でカルモチンによる心中を未遂し（田部は死亡。太宰は、あろうことかこの事件をモデルに小説「道化の華」を書いている）、一九三七年三月に小山初代と谷川温泉付近で再びカルモチンにより心中未遂（これは太宰の創作とも言われている）、一九四八年六月にようやく山崎富栄と玉川上水への入水心中に成功した。ちなみに、カルモチンというのは、当時誰でも入手できた鎮静催眠薬ブロムワレリル尿素の商品名で、太宰の「人間失格」には、老女中にカルモチンを買いに行かせたところ、間違ってヘノモチンという下剤を買ってきて、それと知らない主人公がいつものように服用したらとんでもない下痢になったという誠に呑気なエピソードが書かれている。

この一ヶ月間、ヒロシは、院長の「ヒロシ先生お一人でお願いします」という命令に従って、ただ一人でキヨシを探し回っていた。しかし、何の成果も挙げられず、藁にもすがる思いで密かにシゲさんに手伝いをお願いしたところ、早速に朗報がもたらされた。シゲさんには、展覧会中のキヨシの録画映像を見直してもらっていた。キヨシがどのくらいの逃走資金を得たのか確認したかったのだ。見物人がキヨシにおひねりを渡しているように見える場面は、計七回あったが、残念ながらその場面をズームにしてみても、金額の多寡は分からなかった。しかし、同一人物と思われる女性が二日目、四日目、最終日の計三回もキヨシに話しかけていると言うのだ。慧眼シゲさんが言うには、「三日とも違う服装ですが、この右手親指のペン胼胝(だこ)は、同一人物に間違いありません」。しかも、この女性の素性がほぼ分かったというのだ。

というのも、この女性は、四日目にキヨシに会いに来た後で、一度「シゲさんの相談室」にも顔を出して、シゲさんお手製のロールシャッハテストを受け、しばらく話し込んでいったらしい。その話の中で、最近になって昔別れた恋人に再会した、若気の至りで喧嘩別れをしたが今でも憎からず思っている、私はバツイチだが、相手も結婚はしていないようだ、私はどうしたらいいでしょうか、という恋愛相談をして行ったそうだ。

シゲさんは、「人生は短いのだから、やらない後悔よりやってみて後悔したほうがずっといい」と至極平凡なアドバイスをしたとのこと。まことに慶賀すべき話なのだが、それならそれでちゃんと退院手続きを踏んでくれればいいものを。なぜに突然の失踪劇。ヒロシには、この話の裏に何かもっと深い理由が隠されているような気がしてならなかった。彼女の名前とだいたいの住所をシゲさんが聞き覚えていたので、ヒロシはさっそく彼女のもとへと出向くことにした。

キヨシを連れ出したと思われるユリまたはシリの住む町は、北関東の小京都と呼ばれる門前町で、鉄道の駅を少し離れたところにあった。江戸時代から続く落ち着いた色合いの商家が軒を連ねていた。

予想通りキヨシは、そこにいた。目の前に現れたキヨシは、清に擬態させるために刈り上げた髪の毛がこざっぱりとした短髪に育っていた。おまけに、その目には院内ではついぞ見たことのない知性のきらめきのようなものさえ感じられ、ヒロシをうろたえさせた。

本当にお前はキヨシなのか。少し反発する気持ちが生まれ、ヒロシは、精神科医にあるまじき高飛車な物言いをしてしまった。

「キヨシくん、自分の判断で勝手に退院してもらっちゃ困るよ。みんな心配して探してたんだから」

「すみません、先生。どうしても病院に戻るわけにはいかなかったのです」とキヨシ。

同席したユリだかシリが心配そうにキヨシの顔を見やり、口添えをした。

「すみません、先生。私が悪いんです。この人のせいじゃありません」

昔よく見た時代劇でこんなセリフを何度も聞いた気がする。ヒロシは、既視感に軽いめまいを覚えた。

「説明してもらってもよろしいですか。あっ、その前にあなたのお名前は」

「申し遅れました。北蒲原小百合、と申します。父の後を継いで、当地で北蒲原商店を細々とやっております。この不景気のせいで、店の売上はさっぱりですが、昔からの家作がいくらかありまして、なんとかやっております」

あとで調べたところでは、マンションを五棟、大型店舗への土地貸付を数件持つ、地元では有名な資産家だった。

「この人とは、大学生の時に知り合ったのです」

と、都内にあるとある一流私立大学の名前をあげた。

「学園闘争が最後の盛り上がりをみせていた頃でした。彼は、東北の貧農出身であることを武器にブンドウ（共産主義文学者同盟）の理論派を気取り、私はそんな一途な彼に惹かれて、毎日、彼の言葉を口述筆記のようにアジビラに刻んでいました。『安保闘争最大の教訓』、『世界同時革命復活の日』、『帝国主義諸国の対外戦略』、『プロレタリアート系独裁への道』

ああ、何本鉄筆を使いつぶしたことでしょう。『鉄筆折りのリリー』とは、当時の私についたあだ名です。三十年たった今でも消えずに鉄筆胼胝が残っています。大学の自治会室ではもちろん、彼の下宿、通称レッドマンションでも私たちは一体となって夢を形にしていました。

そんな時に起きたのが、いわゆるM大学O君事件です。大学生協の経営権を巡ってブンドウと万青（万国労働者及び青年連盟）とが対立して、総会が紛糾し、両者がもみ合ううちに文学部アジア史専攻のO君が血を流して倒れていたのです、お腹にナイフを突き立てて。ブンドウは万青の暴力を非難し、万青はブンドウの自作自演だと非難しました。その後、両者の小競り合いは一ヶ月に及び、キャンパスのロックアウトにまで発展しました。しかし、大学側が機動隊の導入を決め、関係学生を容赦なく退学処分にしたことで、この紛争は意外にあっけなくけりがついたのです。今、冷静に考えてみると全ては大学側のシナリオ通りだったのかも知れません。勿論、私もこの人も放校されました。でも却ってそれはいいことだったのです。その後の内ゲバで親しかった友人を何人も失っています。放校された学生の多くは、きっぱりと運動を捨てて市井の人となりましたが、時代の流れにあらがって地下に潜った人も少なからずおりました。そんな純粋な人たちの何人かに私たちは裏切り者の烙印を押されて、しばらくの間命を狙われていました。二人でいることは目立つので、私たちは別れることにしたのです」

ヒロシは、混乱した。では、病院でのあのキヨシは何者だったのだ。オリンピックの年になると決まって増悪して入退院を繰り返すキヨシは、本物のキヨシではないのか。統合失調症という診断も解離性同一性障害という見立ても全くの見誤りだったのか。そう言えば、院長は、講演の中で一人息子を交通事故で亡くしたと言っていたが、たしか院長には息子が二人いて、長男は某大学病院で耳鼻科医をやり、次男がアメリカに留学中という話を聞いたことがある。考えてみれば、シゲさんは、なぜチョーさんではなくシゲさんと呼ばれているのだろう。ダイちゃんの座右の銘は、たしか「死ぬこと以外かすり傷」だったよな。ツヨシは、果たしてどこで白衣を調達しているのだろう。エリサは、絶対に私に気があるに違いない。

何が本当のことで、誰が嘘をついているのか。今やヒロシは、それまでに経験したことがないほどの激しい耳鳴り――二億人の呟き――に襲われていた。

女に代わって、男が再び口を開いた。

「ヒロシ君もさ、いい加減に医者になる夢は、諦めた方がいいんじゃないの。院長もツヨシ先生も、ヒロシ君はこだわりが強すぎるって言っていたよ。もっと気持ちを楽に持った方が、人生楽しく生きられるよ」

焼津八景

これは、太宰治の「東京八景」へのオマージュではない。だいたい私は、太宰が大の苦手で、彼の作品はひとつとして最後まで読み切れたものがない。どれもこれも決まって途中で吐き気を催してしまうのだ。しかし、偶然似通ってしまって剽窃（ひょうせつ）の疑いをかけられるのは本意でないので、「東京八景」だけは最後まで読み通してみた。一言で言うなら、これは太宰の転宅の記録で、各地での恥ずかしい暮らしの言い訳と愚痴の記録に過ぎず、東京八景とは、誇大広告もいいところだ。

太宰は自殺（未遂を含め）の巻き添えで女性二人を死に追いやっている、いわば連続心中魔である。当時の日本において女性の社会的地位は低く、男性の従属物とされていたため、取り調べは受けても起訴はされなかった。「東京八景」で太宰は、冷静にこう書いている。『女は死んで、私は生きた。死んだ人の事に就いては、以前に何度も書いた。私の生涯の、黒点である。私は、留置場に入れられた。取調べの末、起訴猶予となった。昭和五年の歳末の事である』

また、川端康成がおそらく創作の経緯を知らずに激賞したと言われる「女生徒」にしてもファンの若い女性が送ってきた日記を非常に巧妙にまとめたものに過ぎない。現在ならば、おそらく盗作の誹りをまぬがれまい。

私が太宰を嫌いな理由は、おそらくは近親憎悪なのだ。ならば、なぜこのようなオマージュともとれる作品を書いてしまったかについては、最後まで読んでいただければご理解いただけると思う。


私の人生の中で少しでも輝いていた時代があったとすれば、それは小学生時代だ。

小学校の夏休みに一歳年下の従妹のMと青峰プールで幾度か遊んだ記憶がある。青峰プールが流れるプールになる以前の話だ。通学していた小学校にもプールは確かにあったので、何か事情があったのだろう。青峰プールがオープンしたのが一九六二(昭和三七)年。流水プールになってウォータースライダーができたのが一九八〇年前後。自分の子供が幼稚園に入った頃から、再び利用するようになった。真っ白な入道雲と冷たい水の流れと青空に立ち昇る屈託のない子供たちの笑い声。浮き輪に腰を掛けて水の流れに任せるしかなかった子供もやがて泳ぎを覚え、父よりも早く人混みの向こうに泳ぎ去ってしまう。

撤去されて今はないスライダーを歓声を上げながら滑り降りてくる我が子の姿を三十余年後の今でも鮮やかに思い出すことができる。

五年前に叔父の葬儀で久しぶりにMに会ったが、現在は、北海道で一人暮らしをしているとのことだった。

四十年近く前の話になるが、知人のK氏が焼津漁港を管理する事務所に勤めていて、その伝手で八月の花火大会を打ち上げ場所のごく近くから見学したことがあった。風の全くない夜で、煙の隙間から花火を覗くような塩梅で、見上げているうちに首が痛くなった。今とは違って、打ち上げる前にいちいちスポンサー名をアナウンスしていた記憶がある。その頃、K氏とは共通の友人A氏とともによく夜の巷を飲み歩いたものだが、それ以降付き合いはなくなった。おかしな人で、同志社大学出身のはずだが、京都産業大学出身と偽っていた。京産大出身の「あのねのね」が大いに人気だった頃の話だ。

時代は更に遡るが、私が大学生だった八〇年代初頭に某成人向け漫画誌に「女(め)かじきEXP」という漫画が連載されて驚いたことがあった。なんと焼津港が舞台なのである。私は、故郷をはるかに離れた地方都市に暮らしていて、懐かしくもうれしかった。ヒロインは、鮮魚運送のトラックドライバー。その後、星野知子主演でテレビドラマ化されている。神田正輝、佐藤浩市、宍戸錠等そうそうたるメンバーが出演していたらしいが見た覚えが私にはない。日本テレビ系水曜劇場なので静岡でも放送されていたはずだ。おそらく、当時就職したばかりの私は、夜は飲み歩くことに忙しく、家に帰ってテレビを見る習慣がなかったに違いない。漫画の中では、トラッカーの集まる酒場としてロペという名のスナックが登場する。後年、一度だけ尋ね歩いたことがあるが、残念ながら探し当てることはできなかった。漫画作者の木村えいじ氏は、岡山県出身なのでどういう機縁で焼津を舞台にしたのか不思議でならない。

漁港の近くに、かつてH眼科医院があった。小学校の校医で毎年、プール開きの二ヶ月ほど前に眼病の検診をしてくれた。私は、例外なく毎年結膜炎と診断された。結膜炎と診断された児童は、プールに入るために医師から許可証をもらわなくてはならなかった。目医者も商売であるからか、なかなか許可証を出してくれない。毎週一回、二ヶ月ほど通ってようやく許可証をくれた。従って、小学生の間、百回近くこの医院に通ったことになる。しかし、通院には辛さばかりではなく楽しみもあった。主に子供相手の商売だったからか週刊の少年漫画雑誌が揃っていて、待合室で存分に最新の漫画を楽しむことができた。ところがある時、友達から市立病院なら一回の治療で許可証をくれると聞いて、行ってみると果たしてそのとおりだった。私は、これまで通院に費やした膨大な時間に思いをはせて、子供ながらに脱力し熱発さえしてしまった。ちなみに、私が毎年、結膜炎の診断を下される原因の一つは、毎夕、薪風呂を沸かす役割を私が担っていたからだと当時は、信じ込んでいた。

「当目の浜に寄せくる波が励めとみんなに呼びかける」小学校校歌のこのフレーズは、すんなりと思い出すことができたのだが、中学校校歌を思い出すのに幾分時間がかかった。六年間と三年間のそこで学んだ年数の違いだろうか。「高草山のふもと原、益津の里は山の幸、野の幸多きうまし里、ここに建てたる学び舎は、我らの学園○○○中学」だったか。卒業アルバムを見ればすぐに分かることかもしれないが、家を移る際にその他多くのものとともに行方知れずとなってしまった。

ある年の二月、たまたま通りかかった当目の浜で幼稚園児がダルマを焼く光景にでくわした。聞けば、虚空蔵尊春季大祭で弘徳院に納められたダルマの供養祭ということだった。

実は、私は、この焼津市伝統のダルマ市を背景に中年を迎えた男女の苦い別れをテーマにした小説を書いたことがあった。入選はしたものの選者には、さんざんに貶(けな)されて意気消沈した。「この作者に欠落している点は、フローベルがボヴァリーを見ていたような批評眼である。出来事を小説にする場合において、作者は登場人物に対する批評眼を持たなければドラマを描くことができない。人物に肉薄する眼を保持したい」と。太宰は、川端康成に「作者目下の生活に厭な雲ありて、才能の素直に発せざる憾みあった」と選評されて激怒したらしい。私は、フローベルまで持ち出していただいたことに恐縮しきりだが、これには発奮して、すぐさま「母張夫人」というポルノまがいの作品を仕上げたのだった。が、さすがに公共団体主催の文学賞に応募することはできず、いまだ筐底(きょうてい)にくすぶっている。

ところで、ボヴァリー夫人の目の色は、場面によって都合よく茶色になり、深い黒になり、青色にさえなり、「校正者の反面教師」として知られている、らしい。

私の子供の頃までは、「浜行き」と呼ばれる近所衆や親戚連中が砂浜に茣蓙(ござ)を敷いて宴会をやる風習があった。焼津商工会議所作成の「焼津検定」によれば、「四月の節句の頃には、……弁当やお酒を持って……石津の水天宮さんや浜当目の海岸、元小浜などに行きました」とある。私の父は、カメラが趣味で浜行きの光景を写した写真も古いアルバムの中に私は確かに見た記憶があり、もはや父に聞いてもせんないことなので母に尋ねたところ、昔の写真はすべて処分したとのこと。捨てた理由を聞いたが、教えてはくれなかった。ちなみに、漫画「女かじきＥＸＰ」にも落ち込んだ主人公を励ますために仕事仲間が「浜行き」を企画するシーンが登場する。

当目の浜は、今はご存じのとおり五十メートル沖合に消波ブロックがみっちりと置かれていて、きれいとは言えないが穏やかな海水浴場になっている。テトラポッドを積み始めたのが七十年代半ばなので、私の子供の頃はまだ、「泳ぐのに、安全でも適切でもありません It's not safe or sutable to swim」なのだった。その海岸で男子小学生は何をして遊んでいたかというと、釣り人が釣り上げたけれど放置していった小さなフグの口の中に2B弾を詰めて爆発させたりしていたのだ。

現在、当目の浜の後背、駿河湾を望む崖の上に松風閣、焼津グランドホテル、かんぽの宿が建っているが、最初にできたのがかんぽの宿で一九六八（昭和四三）年。当時はまだゲームセンターというものが近在になかったので、できたばかりのホテルのゲームコーナーは、すぐに子供たちの遊び場となった。とは言ってもみんな貧乏人の子弟なので、そこに行く頻度は、多くても二ヶ月に一度かその程度だ。私は、そこでレーシングゲームに夢中になった。世界初のビデオゲームが一九七一年の「コンピュータースペース」なので、私が遊んだレーシングゲームは、ビデオゲームでは勿論なく、回転するベルトコンベアの上を模型の自動車を走らせる、というかハンドルさばきで横移動させるという原始的なものだった。アクセルを踏むとエンジン音が大きくなり、ベルトの回転が速くなった。タイムレースでクリアすればもう一度トライできた。生まれて初めて覚えた刹那的快感だった。

これは余談で、もはや誰も覚えてはいないと思うが、バブル期にサンライズシティ焼津構想というものがあった。当時公表されたイメージ図を見てみると浜当目海岸の沖合を埋め立てて、まるでドバイのようなリゾート地が構想されていた。高層ビル群に加えて、ちゃんとジェットコースターや大観覧車まで描き込まれているのだ。おそらく、東京や大阪だけでなく全国至る所で同様の計画が立てられたのだろう。

私が中学生の時、一九七一（昭和四六）年七月五日に、数年前に完成したばかりの石部第五洞門が崩落して走行中の車両一台が埋没した。三日前の大雨の影響とも前日の地震が関係したとも言われているが定かではない。気象庁の過去のデータを調べてみても大した雨量ではないし、地震にいたっては最大震度2程度のものだ。想定をはるかに上回る土砂の崩落ということで片づけられている。実は、私の関心は当時の土木技術にあるわけではない。これまで私はこの悲報を、誘われて遊びに訪れていた浜当目の友人H君宅で聞いたものとばかり思い込んでいたのだけれど、いま調べてみると七月五日は月曜日である。ならば前日の日曜日に遊びに行った時に地震を感じたのではと考え直してみたが、地震発生時刻は十八時四六分で、昔の子供はそんなに遅くまで他人の家で遊ぶことはない。

H君は小柄な転校生で、気難しげな顔をした負けず嫌いな子供だった。お父さんは、タクシードライバーで時々中学校に寄っては、野球のボールを追うH君の姿をフェンス越しに眺めていた。H君は、その後、箱根駅伝で優勝するような大学の事務職員になり、おそらく現在は東京に住んでいる。特に親しかったわけではないので、どうして私の記憶に彼が影響を与えていたのか不思議でならない。

海岸沿いの名所を巡ってきたので、そろそろ内陸部に移りたい。

私の人生の中で最も利用した公共施設は、焼津駅で間違いない。往復を一回としても優に六千回は利用した計算だ。普段利用している焼津駅北口がいつ頃にできたのか気になったので調べてみた。

国土地理院が年度別の航空写真をインターネット上で公開している。一九六一～六九年の写真では、まだ駅北には田んぼが広がっていた。一九七四～七八年の写真を見ると駅北はほぼ現在の区画に整理されていて、駅北口があることを確認できる。七〇年代のどこかで区画整理とともに北口も作られたのだ。

最近になって広報やいづのバックナンバーを紐解いたところ、北口のオープンは、一九七五（昭和五十）年と知れた。

これも余談だが、国鉄民営化直後の一九八七年頃から九八年頃まで「ビアステーション焼津」という、客車を改装した居酒屋が焼津駅の敷地内にあった。できたばかりの頃に一度か二度利用した記憶があるが、それ以上ではない。余剰人員の働く場だったのだろう、民営化の象徴のような存在だった。

ちなみに、広報やいづを読んでいて、一九三九（昭和十四）年に廃止されるまでの十年間ほど駅北で焼津競馬が開催されていたという記事を見つけた。現在の地形等からこの競馬場の名残を見出すことは難しい。駅前五丁目に立っているＮＴＴ電柱の標識にある「馬場文」という文字が名残の一つと言われている。

焼津市立総合病院が現在の道原へ移転したのが一九八三年で、それまでは現文化センターの場所にあった。私が小学二年生の時に、祖母が五十代半ばで亡くなった。入院中の祖母を見舞った記憶がかすかにある。それから半世紀がたち、今や老い深まった父母をほぼ毎月送迎し、車椅子を押して受診させている。脳神経内科、眼科、泌尿器科、耳鼻科、口腔外科。整形外科と脳外科のお世話にもなった。わずか一年前には、病院までの道筋をあれこれ指図して運転する身にはうるさく感じたものだが、今や車に乗り込むと父はすぐに目をつぶってぐったりとしてしまう。おそらく、自分が何のために通院しているのか既に理解できてはいまい。正直な話、家族においても同様である。

さかなセンターがオープンしたのは、一九八五年の十月だ。このところマイナス決算が続いていて市民としては心配なのだが、それでも焼津市政唯一最大のヒットと言えるのではなかろうか。現在私が高校生ならば、冬休みのアルバイト先としては最適だと思うのだが、私の高校時代にはまだ出来ていなかった。従って、私は、冬休みの間ずっと郵便配達のアルバイトをしていた。そして、得た賃金で油絵の通信教育を受講した。アルバイトは、禁止ではなく届出制だったと思うが、無論届け出てはいない。私の家が貧しいことは、おそらく担任の英語の教師には知れていて、サンプル品の英文法の問題集を密かに渡してくれたりした。高校時代に友達は誰一人もできなかったが、当時はその必要性を感じていなかった。体育祭の打ち上げで、誰それの家に集まって飲み会をやったとかいう話を聞いたりもしたが、そんな暇があったら英単語の一つでも覚えろよなと思っていた。

ディスカバリーパークが完成したのが一九九七年。私は、例のふるさと創生事業で建設したのかなと勝手に思い込んでいたのだが、一九九七年では時代的に違う。どうやら焼津市は、創生資金の交付対象ではなかったようだ。それはさておき、ここには、我が子の幼稚園から小学校低学年時代までかなりの頻度で通っていた。水夢館で水泳を教え、天文館の特別展示で科学を教わった。もはや二度と戻れない至福の時間だ。タイムマシンがあるとしたら、私は、自分の子供時代に戻るのではなく、もう一度この子育ての時代に戻りたいと切に願う。

子育ては難しい。順調に育っているように見えて、ある日突然、子供たちは、進路に迷ったり不登校になったりする。ある時期、未婚の一人を除いて私の数少ない友人の全員が子育ての深刻な悩みを抱えていた。年に一度か二度の飲み会の前半は仕事の愚痴、後半はいやでも子供の話題となった。今や全員が第二、第三の人生を歩んでおり、会う機会もまれになり、全員が揃うことは既にない。彼らの子供たちが皆、青春の蹉跌(さてつ)を無事乗り越えてくれたことを祈るばかりである。

清見田公園には、緩やかな傾斜のついた周遊道があり、子供の自転車の練習にはうってつけだった。自転車習得のファーストステップは、バランス感覚を覚えることだ。平地で大人が後ろから押してやるとなかなかまっすぐに押すことは難しいけれど、自然の傾斜を利用すればすーっと自転車は前に進んでいく。これを何回か繰り返して、自転車に乗るという感覚を覚えさせる。その後にペダルを漕ぐ操作を教えてやれば、半日もかからずに自転車を乗りこなすことができる。親譲りの運動神経で、逆上がりができるようになるまでには随分時間がかかったが、清見田公園のおかげで自転車漕ぎはすぐにできるようになった。

清見田公園に来たならば、ついでに小泉八雲記念館にも寄っていこう。

中学時代の恩師江口忠氏制作の小泉八雲の横顔のレリーフが焼津駅前に設置されたのが一九六七年の五月。レリーフは、二〇〇七年の小泉八雲記念館のオープンとともにその玄関前にも取り付けられた。なお、駅前のレリーフについては、八雲の孫の時氏がお亡くなりになったちょうどその日に台座から剥落したという逸話が残されている。

ある日のホームルームの時間に江口先生は、「隣の藤枝市には藤枝静男や小川国男が生まれたが、焼津市には焼津の半次しか生まれていない」と言われたことがあった。おそらく、子供たちを奮起させようとしての発言だったのだろう。焼津の半次はテレビ時代劇の架空の人物、しかも脇役だから、現実には一人もいない。その後、約半世紀がたったが、いまだ誰も焼津から著名人が生まれていない。漫画「女かじきＥＸＰ」の主人公おっこちゃんやテレビドラマ「悪魔のキッス」のヒロイン三人が焼津市出身という設定だが、彼女たちも架空の人物。傑出した人物の出現を阻む、何か風土的な事情があるのかも知れない。

私が子供だった頃、村中に子供たちがあふれていた。子供会という主に集団登校する単位が一つの小学校の校区内に五十も六十もあった。子供会の活動もそれぞれに活発だった。私は七夕子供会という子供会に属していたが、月に一度は夕食後に児童宅を持ち回って会合をしていた。翌月の目標を決めたり、伝言ゲームのようなことをして親睦を深めていた。大人たちもそうだが、農村というところは、やたらに結束を図りたがるところなのだ。お宮さんこと若宮八幡宮の清掃も日曜日の朝に子供会の持ち回りでやっていた。

夏休みには、地区ごとに子供会対抗のゲーム大会をやっていた。そして、各地区で一位となった子供会を集めて、小学校の体育館で地区対抗のゲーム大会を実施した。

小学校六年生の夏休みであったと記憶している。本来ならバスで川根とか藤枝の山間地へキャンプに出掛けるはずだったが、天候が悪かったのだろう、延期して小学校でやることになった。高草山に登って昼食をとり、校庭で夕食の飯盒炊爨（はんごうすいさん）をし、夜は校舎で寝た。

ちょうどその日に地区のゲーム大会があり、子供会の役員だった私は後片付けのため登山出発の集合時間に間に合わなかった。高草山山頂を目指して、同級生たちは既に学校を出発していた。私は一人で彼らの後を追いかけて細い山道を登って行った。ようやく山頂に辿り着いたときには、級友たちは昼食を食べ終え、下山の準備を始めていた。その後、小学校の校庭で水の分量に失敗してべちゃべちゃのご飯を食べたことも覚えているし、このわずか数ヶ月後に喘息の持病で早世することになるM君が炊飯の煙に目を細めていたことも覚えている。級長であった私は、生徒を代表して彼の葬儀に出席し弔辞を述べた。

法華寺（ほっけじ）の住職の息子T君とは、小学校の同級生だった。法華寺には昔、銀杏の大木があり、垂乳根のような気根がいくつも垂れ下がっていた。子供たちは、法華寺という名前を知らず、「ちっちいかんのんさん」と呼び慣らしていた。行基が開祖であるとか、伝運慶作の二十八部衆像があるとか、そんなことは一切知らなかったので、寺の息子は、さぞ悔しい思いをしていたのではなかろうか。彼は、非常に真面目な子供で、整った顔立ちをしており、運動神経も良く、絵も上手だった。ある時、彼の描いた自動車の絵に私が勝手に手を加え、大層なケンカになったことがある。ユーモアを解する人ではなかったのだ。今思えば、有象無象の村の子供たちのなかで唯一運命の定まった人間として、小学生にして屈託を抱えていたのだと思う。そんな生真面目さについ茶々を入れてしまうようなところが昔から私にはあった、ということだ。

花沢の里といえば、こんな思い出もある。やはり小学校六年生の時だ。地元の少年K君の手引きで、ニッキを掘りに山へ入った。首尾よく一本の根を掘り出したところで、大人に見つかってしまった。大声で叱られた。自転車を精一杯漕いで、ほうほうのていで逃げた。家に帰りついてからポケットを探ったが、せっかく掘り出した獲物がない。慌てて逃げ帰る道のどこかで落としてしまったらしい。大変に悔しい思いをした。当時、野生のニッキをかじることがなぜか同級生の間で流行っていたのだ。今でも土産でもらう固い八つ橋をかじるたびに、その時の苦い思い出が頭に浮かぶ。

法華寺に触れたら林叟院（りんそういん）に触れない訳にはいかない。我が家は、こちらの檀家なのだから。毎年、元旦に家族そろって年賀に出向く程度ではあるが。それも、父親の足腰が立たなくなってからは、私一人の役割になってしまった。

先代の住職がアメリカで布教活動を行い、かのジョブズにも影響を与えたことを知らぬ人は今やいない。老師は私が生まれた数年の後に渡米しているので、生前にお会いしたことはない。

私が小学校二年生の時に祖母が五十代半ばで亡くなったことは、先に触れたが、当時は、葬式を家であげることが普通だった。私は、大人に交じって、ふられたひらがなを懸命に拾って般若心経を一心不乱に読み上げた。その結果、導師から褒められたうえに経本を一冊プレゼントされたのだった。

しかし、私は、今や神や仏はおろか人間さえも信じない者に成り下がってしまった。太宰の八景の中で唯一私が気に入った場面は、脳病院を退院した太宰が「僕は、これから信じないんだ」と言った後で、「人は、あてになりませんよ」と返した妻君に対して、「おまえの事も信じないんだよ」とうそぶく場面である。

般若心経の要諦は、「空」であると聞く。物事に執着して、その本質を見失ってはいけない、と言う。私は、貧乏性のせいか物を捨てられない。読み終わった本、結局読まなかった本を詰め込んだ段ボール箱が数十箱物置にある。十年ほど前までは「捨てたら」と始末好きの母親に事あるごとに言われたものだ。私の反論は、「じゃあ、お金が余っている人間に対して、余分だから捨てたらって言うのか？」だった。もう母親は何も言わないが、余分なものは、本であれ何であれ捨てるべきかもしれないと思い直している自分が今はいる。

風のない冬の一日、脳にいくらかの刺激を与える目的で、認知症の進んだ父を自動車に乗せて高草山中腹にある笛吹の段まで連れていった。

父に尋ねてみた。「昔ここで家族揃って年賀状用の写真を撮ったことがあったけら」わずか三年前の話である。

「そうかええ、覚えちゃいんなあ」

この日の駿河湾は、凪いでまぶしいほどに光っていた。伊豆の山並みもくっきりと見通せた。父は、帰りの車中で隣に座る母に向かって謎の言葉を吐いていた。

「ネコがいつら。ネコ屋に持ってってとけよ」幸いなるかな、母親は耳が非常に遠いために、父の妄言には全く気が付かなかった。

ノーベル賞作家のカズオ・イシグロが「記憶は死に対する部分的な勝利である」と言っているが、逆もまた真である。父を見ていると、記憶を失うということは、死に対する部分的な敗北、すなわち部分的な死に他ならない、という思いを禁じえない。病院で見せられたCT画像でも海馬部分の退縮は、素人目にも明らかだった。

陸閘のある町　あとがきに代えて

人口三万余人をもって焼津市が誕生したのが今からちょうど七十年前の一九五一（昭和二六）年三月一日。その後、第五福竜丸事件（一九五四年）やマリアナ海難事故（一九六五年）などの不幸な事件・事故を乗り越えて、一九七七年には県下七番目の十万都市になった。新しい世紀に入り、志太地区全体の大合併もいったんは議論の俎上にのぼったが、結局、二〇〇八年に大井川町との合併を果たして新しいスタートを切った。

しかし、焼津市の人口は、二〇一〇年八月の十四万七千人弱をピークに減り続けている。津波への懸念だけが人口減少の原因と思いがちだが、なんと、東日本大震災以前から人口は減少に転じていたのである。

陸閘は、海岸や河川にある堤防のゲート部分のことで、平時は開いていて通行可能だが、増水時には閉めて浸水を防ぐ役割を果たすものだ。焼津漁港には、少なくとも八基の電動陸閘があり、津波或いは台風時の浸水から街を守ることになっている。幸いなことに津波に対する効果については、まだ実証されていない。聞いた話では、何年か前の大型台風襲来時には、陸閘を閉めることで海水の侵入を部分的に防ぐことができたらしい。但し、その時には、市内を流れる小河川の氾濫により多くの地域が水没している。

おそらく、人生もそんなものだろう。備え十分のはずが、思わぬところに陥穽（かんせい）があってつまずいてしまう。つまずいてたたらを踏む程度ならいいのだが、転倒して重傷を負うこともまれではない。心配無用だと思っていた人が、ある日突然認知症の症状を呈し、目の前で日に日に悪化していく。

神様はその人が克服できない不幸は与えないとはよく聞く言葉だが、それも彼自身に認識能力があっての話だ。私と父と時々互いに悪態をつきあっての介護の日々は、なおしばらく続く予定だ。

これから二十数年後、私の脳中に死よりも早く部分的な敗北が訪れたならば、誰かに読み聞かせてもらいたいという思いで、他愛無い思い出話を長々と書き綴ってしまった。

最後に一言だけ付け加えさせていただければ、太宰治の「東京八景」があくまでも小説であったように、私の「焼津八景」もあくまでも小説であります。

小説　八雲の声

「八雲の声を流そうじゃん」と言い出したのは、アオちゃんだった。アオちゃんという呼び名は、本名とは全く関係ない。孤独で痩身で首が長いところが、散歩の途中、瀬戸川の川原でよく見かけるアオサギの立ち姿にそっくりだったので、私が勝手に呼んでいるに過ぎない。場末の安い居酒屋で、二人でさんざん呑んだ後に出た話だった。

小泉八雲の横顔のレリーフが焼津駅前と小泉八雲記念館の玄関と二つあるが、これを作ったのが私達の中学校の恩師エグッちゃんであり、そう言えば最近死んだよなあ、中学の時は、実におもしろかったなあ、お前なんか煙草のお使いとかよく頼まれてなかったっけ、性教育もしてくれたよなあ、とかなんとか昔を懐かしみながら杯を重ねているうちに、なぜか、八雲のレリーフから八雲の声が聞こえたらおもしろいのにという話になったような気がするのだが、あくまでも酒の上での戯言。

のはずだったのだが、当時のアオちゃん、長年勤めていた大きな鉄工場を上司とケンカしてやめたばかりで、閑を持て余していたのだろう、勝手にいろいろやりはじめた。

まず、手始めに八雲の肉声が音声記録として残されていないかを調べた。現在知られている最古の日本人音声の記録は、一九〇〇年にパリ万博を訪れた川上音二郎一座らのものだ。しかし、日本に初めて録音機が登場したのは、もっとずっと古い。エジソンによる発明の翌年一八七八年には、お雇い外国人のＪ・Ａ・ユーイングが、母国英国から持ち込んだフォノグラフを東京帝国大学理学部の実験室で披露している。また、一九〇三年には、英国人ワイズバーグが来日して多くの音源を出張録音したというから、八雲在命中に彼の声が録音された可能性が全くないわけではないが、どんな文献にもそのような記録は残されていない。

八雲の声については、内ヶ崎作三郎が「清く澄んだ歌ふがごとき声」と伝えている。また、八雲は、一八九六年から亡くなる前年までの七年間、東大で英文学の教鞭を執り、受講生たちが克明な筆記ノートを残している。八雲は、学生が十分書き取れるほどゆっくり、澄んだ美しい英語で講義をしたとも言われている。

ないものは作る、がアオちゃんのモットーだ。

インターネットで調べてみると、ある時期まで、ＮＨＫの大河ドラマの主人公の声を復元して、御当地テーマ館で披露することが流行っていた。坂本龍馬やら土方歳三やら有象無象の肉声と称したものが巷間堂々と紹介されていた。

　例えば、坂本龍馬は、一八六七年に三十一歳で亡くなっているので、当然肉声は残されていない。ではどうしたかというと、その写真から骨格構成を推測し、「科学的に」肉声を再現したとのこと。モンタージュボイスという手法だという。

　アオちゃんは、早速、この技術を研究する某大学教授に連絡をとったが、「それは無理です」とすげなく断られた。本人の声が残された写真だけをもとに再現できるほど単純なものではないらしい。

　では、あの偉人たちの声は、誰が作ったのか。明らかでない場合が多いが、明らかになっている場合でも、制作会社はことごとく消滅していた。

　普通の人ならばここで音をあげるところだが、このくらいで引き下がるアオちゃんではない。中学校のマラソン大会で、コース半ばで運動靴が壊れ裸足になっても、先生の制止を振り切って、血まみれ状態で最後まで走りきった実績は、伊達ではないのだ。

　まず、人間の発声の仕組みと音声鑑定について学んだ。次に、復顔術を勉強した。それから、音声合成に関する論文を読み込んだ。これだけで四年の歳月を費やし、貯金が半減した。更に一年をかけて最新のプログラミング技術を習得した。

そして、アオちゃんは、寝る間を惜しんで開発に取組んだ。ろくに食事も摂っていないらしく、ますます痩せていった。六年目に私が様子を見に行った時には、まるで幽鬼のようで、目だけが尋常でないほどギラギラしていた。いつから風呂に入っていないのだろう、目に見えるほど全身から酸っぱい臭いが立ち上がっていた。貯金は、あとわずかしか残っていない。

「もう止めようよ、これ以上続けたら死んじゃうよ」と私が進言しても、俺の中の狷介な虎が赦してくれないのだと『山月記』の李徴のようなことをぼそぼそと呟くばかりだった。

思いついてから八年目。ついに完成したという知らせを受けて、私は、たっぷりの消臭剤を持ちアオちゃんの家を訪ねた。髪の毛は腰にまで及んでいたが、ヒゲはその朝に剃り、体は近所の公園で洗ってきたという。画面上のスイッチをアオちゃんが震える手でクリックすると、優しい声が実に滑らかに聞こえてきた。「私は、小泉八雲です……」

私は、頭を抱えた。「アオちゃん、八雲の日本語は……」最後まで言い終わらないうちに、アオちゃんが細い悲鳴のような声を上げた。「……分かってる。お金がなくなって、英語まで勉強できなかったんだよお」

それから、二人で肩を抱き合って、静かに小一時間泣きあかした。

後日、判明したことだが、公開された偉人たちの合成音声とされたものの大半が、実は、現実の人間によるアテレコであったのだった。

ストラテジストの週末

私は、某弱小証券会社と役職定年後の短期雇用契約にある為替ストラテジストだ。役職定年というのは物の言い様で、明らかな退職勧告だった。そのまま居座ったとしても、その後の給料は退職金から差し引かれるだけなので、いったん退職してから再雇用の低賃金に甘んじることにしたのだ。世間によくあるブラック企業と言えよう。

そんな私が昨年の暮に、某地方紙の新春対談で「足元は円高に振れているが一時的な現象だ。長い目で見れば円安・ドル高の相場展開になるだろう。米経済が堅調を保てば円相場は一二〇円に向けて急落すると見ている」と発言したら、年が変わったとたんに、円高がどかどかと進み、大損こいた顧客から毎日のように脅迫の電話がかかって来る。どうか、非正業就労の皆さんは、景気が悪いからといって不安定な為替相場には手を出さないで、一般人相手に地道にシノいでください。

というわけで、ブログも炎上している。炎上させるつもりでマッチを擦ったのは自分自身だが、次から次へと罵詈雑言、自宅暴露、プロフ流出、あからさまな脅迫、果ては殺害予告。

「投資は大きなリスクを伴います。余裕資金にてポジションは小さく取る事を推奨します。最終的な投資判断は必ずご自身で行って頂けますようお願い申し上げます」と必ず書いておいても、読まない奴は絶対に読まない。

しかし、売れないストラテジストの私が再雇用の社業だけで糊口がしのげるわけはなく、いくつか副業をこなしている。土曜日の今日も早朝から高速をとばして、大震災以降の二十年間で人口が半減した海辺の市に向かっていた。退職前後の資産形成術という屁のつっぱりにもならないセミナーをひとつ引き受けていたのだ。財務省年金事務局が公的年金廃止のロードマップをリークして以来、この手の依頼が増えていた。

花曇りの東名高速道路をひた走っていると、はるか前方にわく小さな積乱雲の中で音もなく二つ三つ光が瞬いた。何かの行事の開催を告げる昼花火であろうか。「音もなく」と書いたが、東名の路面はいたるところ劣化していて擦過音がひどいので、単に聞こえなかっただけかも知れない。

ともすれば滅入りがちになる気分を高揚させるために、先日香港に出張した折購入したバッタモノのスマートウォッチに東名の雑音に負けない大きな声で、お気に入りの洋楽をリクエストした。使用者の普段の視聴傾向を分析して時間帯に応じた適切な曲を選んでくれることになっているのだが、この日最初にＡＩが選んだ曲が、ニール・セダカのスーパーバードSuper bird。これを聞くと、どうしても槙原某が最初に逮捕される直前に発表した、コアなファンの間で最高傑作と呼ばれているHungry Spiderを連想してしまう。それに、「飛べ飛べ飛べ、スーパーバード」と連呼されると大江健三郎の小説の主人公バードにでも自分がなった気分になって、なぜかキング窪塚のように高層建築物から飛びおりたい衝動にも駆られるのだ。高速を走行中に聞くべき曲ではない。

講演の中身は、長期投資で有名な鯖神投信の鯖神氏の著作の完全なパクリだ。一応為替はプロだが、株式、債券は素人なので、投資月刊誌の最新号や、某仕手筋の闇サイトから仕入れた個別銘柄を適度にちりばめて食指を誘った。十倍株、いわゆるテンバガーを掘り出すことなんて素人には絶対に無理だ、と心の中で思っていても、過去例を挙げていくだけで「運がよければ」と誰でも夢見て、クズ株を買ってしまう。

こんな鄙びた港町の土曜日の昼下がりに一体何人の客がくるだろうかと期待はしていなかったのだが、会場である市立図書館の小会議室は、ほぼ満席になっていた。うそのような話だが、その海辺の市の入庁二〜五年目の若手職員が企画した講演会だったのだ。男女一人ずつの二十代前半と思われる市職員が、半袖の、初めて見る私には一種の狂気が感じられた奇妙なデザインの半袖シャツを着て、これはシンカイシャツといって夏季の制服なのですと説明してくれた。今日のような硬い！企画だけではなく、盛夏には駅前通りでビアガーデンのようなことも計画しているのです。本日は、最近話題の老後資金いくら必要か問題を受けて急遽企画したもので、先生には急なお願いでご迷惑をおかけします。臙脂色の柄シャツを着たショートカットのお嬢さんが深く頭を下げてくれたので、よし、株主優待だけでなく、十倍株についても話しちゃおうと思ったのだった。まあ、多少名のある人にさんざん断られて私まで回ってきた仕事なのだろうけれど。

講演が終わった後、男子職員からお時間よろしければ少し見所を車で御案内しましょうかと申し出があった。かつては、東洋一と謳われた漁港があったのです。遠洋漁業で大変な賑わいだったのです。十年ほど前にマグロの完全養殖が実現して、遠洋漁業としての水揚げ基地は不要になってしまったのです。せっかく、津波対策で莫大なお金をかけて堤防を嵩上げしたというのに。男子職員の口調がしだいに愚痴っぽくなってきたので、私は鳥目ゆえ、できればライトをつけた運転は避けたいので明るいうちにおいとまさせていただきますと丁寧に断った。決して女子職員が誘ってくれなかったからではない。

今更ながらの地震対策。私の理解では、地震周期説が確かな根拠がないと保留され、地震の予知可能性は完全に否定されたはずなのだが。これは、純粋理性批判でカントが唱えたコペルニクス的転換、「ものが存在するから人が認識できるのではなく、人が認識するからものが存在するのだ」の典型例と言えよう。一度決めてしまったことは覆らないし、優先順位なんて理屈次第でどうにでもなるのだ。為替の世界でも、大きな急変の理屈はほとんど後付けで、真の原因は、単なる人々の恐怖心に過ぎないことが多々ある。時々、恐怖心からくる思考停止を楽しんでいる節が人類にはある。先日、たまたま見たテレビのルポ番組で釜ヶ崎のホームレスを扱っていたが、今や彼らのみならず日本人全員が思考停止という感染症に罹患しているのではないだろうか。

その晩の我が家の食卓に二センチ四方のゴマ豆腐が乗った。というか自分で乗せた。私以外にこの家に、いまや誰もいないのだから。私のいかにも細く捻じ曲がった人生の軌跡とゴマ豆腐がはじめて交差した瞬間だった。最近は、柔らかいものばかり口にしている。

他人にとってはどうでもいいことだろうが、私にとって口を大きく開けることは陰部を晒すことと同じくらい恥ずかしい。既に奥歯がなくなって四半世紀。口の中は銀鉱かと言えるほど詰め物だらけ。長年の炭酸飲料の摂取癖でどの歯もすかすかとやせ細っている。おまけに内臓のどこかに確かな異常があって、蛆虫（うじむし）の発するような腐敗臭を吐き出してさえいる。

このところ、指示されるままにせっせと歯医者に通っている。前回は、珍しく予約の十分前には待合室に入ったのだが、窓口で八十代とおぼしき女性が次の予約日をなかなか決められず窓口を離れないため、私は受診券と保険証を手に持ったまま身じろぎもせずソファに座っていた。いきつけの耳鼻科ではスリッパの除菌装置が導入されていたが、この歯医者には靴の脱着に不自由な高齢者のために靴の上からビニールを被せる機械が設置してあった。私の次に入って来た杖を突いた女性が、その機械の上に乗って奇妙なダンスをしばらくしていたが、とうとう力尽きた。受付嬢が助けに入り、五分ほど四苦八苦してなんとか機械は正常に作動した。その間、私はいつになったら診察券を出せるのだろうと困っていた。予約時刻を三十分程過ぎてからようやく診察が始まった。口の中を何枚もデジタルカメラで撮影した。レントゲン写真もとった。ベストのようなおそらく鉛の入った防護衣を装着したが、頭部はむき出しのままだ。とりあえずセメントであなぼこを埋めた。型取りは次回だ。近くに老健施設があるせいか、大変に人気がある歯科医で、次の予約は最早一ヶ月後である。

思い起こせば、今日は、朝のひとときを除いて一日中、太陽に暈（かさ）がかかっていたな。死者が復活する予兆なのだろうか、などとぬる目の風呂に浸りながら馬鹿なことを考えていたら、肌身離さず持ち歩いている防水性のスマホがキシキシと鳴った。どうもトルコでクーデターが発生したらしい。私は、怖くてとてもニュースサイトを覗けない。メールも見れない。カーテンも開けれない。電話にも出れない。なぜなら、後悔先に立たずだが、つい最近、会社の方針とは言え、よせばいいのにやばい筋にトルコリラの購入を勧めていたのだ。あぁ、死んだ振りをしているうちに本当に死ねたらなんと楽だろう。

実は以前にも同じようなことがあって、その時は、懇意（高校の同級生）の精神科医を拝み倒してクロルプロマジンを使ったセデーション（鎮静）を処置してもらい、一週間ほど入院して眠り続けたことがあった。一週間寝ていれば潮目も変わるだろうと安易に考えたのだ。しかし、毎度毎度この手は使えない。仕方がないので、スマホの電源を切ったうえで最近読んだ警察小説の主人公が愛飲しているブッカーズという度数の高いバーボンをグラス一杯一気に飲み干して、神経を遮断することにした。ちなみにブッカーズは米ビーム社の製品だが、よせばいいのにサントリーが買収していた。
アルコールの効果は、たいしてなかった。いつもどおり四時には目が覚めてしまった。習慣に従って、枕元に置いてあるスピーカー型人工知能に呼びかけて、為替ニュースを読み上げさせた。週休日で市場は閉じているので変化のあろうはずもないが、顔の大きなアメリカ大統領のつぶやきもなく、世界はしごく平和らしい。トルコでのクーデターのニュースも誤報だったようだ。それでも起きた途端、胃がきりきりと痛むので胃酸ブロッカーを三錠、発泡酒で流し込んだ。

今日は、日曜日。本日も薄曇り。五時になれば、すでに外は明るい。夏に向けて、朝飯前に、庭木の手入れをすることにした。じいや―同姓だが血縁ではない。私の祖父に遠い昔に恩義を受けたとかで、月に一回ほどふらりと現れて、庭木の手入れをしてくれていた―が首をくくってから裏庭の手入れをする人間がいなくなったのだ。道具は手入れされてあったので、納屋から枝切り鋏を持ち出して、枝も葉もとにかく目に入るものは全て切りまくった。腕がふるふる痙攣して指先に感覚がなくなるまで鋏を使い続けた。気がついてみると体中に濃い緑色の小さな虫がへばりついていた。

三十分後、体中に赤い発疹が現れ、毛虫の毒がこれほどひどいものと初めて知った。あまりのかゆさに我知らず爪でかきまくり、血だらけになっていた。朝風呂に入ったら、湯が血の色で濁った。風呂から上がって、去年、アルコール由来のアレルギーに悩まされた際に処方されたコーチゾン軟膏の残りがまだあることに気づいて、体中に塗りたくった。

会社の認める兼業としての講演も副業のひとつだが、その他に、ネットを通じて質問に答えたり、プログラムを組んだり、夏休みの宿題を代わりにやったりしていた。小遣い稼ぎにもならないが、退屈な時間をなんとかやり過ごすことはできた。

先週は、中学生のリクエストに応えてあげた。秋の学園祭で発表する演劇のシナリオ。シンデレラ物語で笑えるもの、という難しい注文だが、なんとかひらめくことができた。

昔、あるところに大変美しいお姫様がおりました。年頃になったので、王様は、国中に触れを出して、勇敢な花婿候補を募集しました。

六人の花婿候補が宮殿の舞踏会に集まりました。それぞれに美丈夫の若者達です。まずは、一人ひとりが自分の得意技を披露し、最後にみんなでお姫様を囲んで踊りました。さあ誰が花婿となるでしょうか。花婿を決めるのは、王様の独断です。発表の時が来ました。

「（ドラムロール又はファンファーレ高鳴り）三番、山田君、決定！」

山田君の喜ぶまいことか、両腕を突き上げ、決めのガッツポーズ。なんとその途端、体中から白い煙がもくもくと上がり、山田君はちっぽけなガマガエルに。山田君は、実は、お姫様に恋をしていたガマガエルだったのです。村のはずれに住む魔法使いの力を借りて、人間の若者に化身していたのですが、魔法使いに「ガッツポーズだけは、してはいけないよ。ガッツポーズをすると魔法が解けてしまうからね」と念押しされていたのをうれしさの余りつい忘れてしまったのでした。

「はい、ざんね〜ん、山田君しっか〜く」「（鳴り物高鳴り）五番、安倍君、安倍ソーリ君、決定！」

「わ〜い（ガッツポーズ）」小爆発する音がして、またもや白煙。「お前もか、みみずく。失格！」

次々に番号と名前が呼ばれ、ガッツポーズがあり、白煙があがり、化身が解け。しかし、お姫様は、毅然としていました。これまで王様が名を告げた五人の中に意中の若者はいなかったからです。お姫様の意中の若者は、エントリーナンバー六番、最後に踊った出来杉君なのです。どうか、次には出来杉君が名を呼ばれますように。

「六番、出来杉君！　あっ、大丈夫かな？」

出来杉君も飛び上がって派手なガッツポーズをかましましたが、何の変化も起きませんでした。これには、お姫様も大喜び、「よしっ、来た」で、お姫様も喜びの余りガッツポーズ。するとお姫様の体からピンクの煙がモワッと。一羽の雌鶏が盛大に羽を打ち鳴らしトキの声をあげていた。なんと、お姫様の化けの皮も剥がれ落ちてしまったのでした。めでたし、めでたし。

価格交渉の結果、中学生価格ということでワンコイン五百円で合意した。この通り、大抵ははした金にしかならないのだが、他人の役に立っている感覚が満更でもない。


朝飯は、カップ麺で済ませた。つい塩分量を確認してしまう。三・四グラム。注意好きのパートナーがいた時の名残りだ。俺は、長生きなんかしたかないね。食いたいもの食ってポックリ逝けりゃあ本望さ、なんて粋がっていたのが悪かったのか、死神が俺と彼女を取り違えてしまったらしい。かれこれ五年前の話だ。この話は、またにしよう。

今日は、学生時代のアルバイトの話を書き留めておこう。今となって後悔しても全く遅いのだが、十八歳の私は、受験産業のはじき出した偏差値に素直に導かれるまま、進学先として裏日本の静かな地方都市を選んでしまった。

動物園を持たないその北陸の地方都市にとって、街の中心を流れる一級河川に架かる由緒正しい石橋のたもとに聳(そび)える回転展望レストランが動物園の代わりとも言えた。人生においても人は最低三度は動物園に行くといわれるように、その街の人間の多くは、人生の節目にそのスカイレストランに足を運んだ。僕は、その街の出身ではなく、たまたま学生として過ごしていた街なので、バスから時折見上げるだけではあった。

大学二年生の夏休みに入って間もない或る日、同じゼミの同級生の代理として、そのビルの駐車場係のアルバイトをすることになった。一年生の間中胸に抱えていた大学受験をやり直そうかどうかという煩悶は、その頃になってようやく消えていた。

納涼イベントを開催していたため、常になく昼間から車の出入りが頻繁で、誘導係が必要だったのだ。Tシャツの上に蛍光色の反射ベストを着せられて、五分もたたないうちに体中から汗が噴き出していた。これでは一日どころか一時間も無理だ。友人の懇願と安くないバイト代に釣られてやってきたのだが、このままでは気を失って車の誘導どころではない、ほとんど坑道作業である。後日、学生課にクレームが入るかも知れないが、死ぬよりはましと逃げ出すことに決めた。

心の中で追っ手を懸命にかわして、へろへろになりながらバンザイ橋を渡り、ホテルオーベイに入ると見せかけてシオン川沿いの道に出る。それから、バンザイ橋をくぐってジェットフォイルの発着する埠頭を目指した。朦朧とする意識の中で、ジェットフォイル、サド行き、自由への旅立ち、童貞喪失と呟きながら、初めて夢精をしてしまった時のような、戸惑いと嫌悪と喜びと恐れを感じていた。

目が醒めた時、そこは島嶼（とうしょ）先端部ではなく、大部屋の病室だった。激しい痛みを抱えた左足が吊り上げられていて、身動きがとれず、ほぼひと夏を病室の天井を見て過ごすことになった。

なぜこんなことを思い出したかというと、先週、学生時代のゼミ仲間の一人から、やはりゼミ仲間のＹ君が定年を目前にして再婚するから何か一言お祝いのメッセージをくれないか、という電話が入ったからだ。鬼の霍乱（かくらん）というやつだろうか。いや、錯乱だな。遠い昔にＹ君が、急な用事ができたからと言って、私にこのアルバイトの代理を依頼してきたのだった。

一人暮らしの身では、休日は、何かやることを決めておかないことには、一日中ベッドに横になって居かねなかった。別れて暮らす娘の誕生日が近付きつつあった。娘の誕生日に花に添えて毎年一体、手作りのペーパークラフトの動物を贈っていた。もし、その動物達がゴミ箱行きを逃れているとすると、既に十体の動物達がいるはずだった。贈る先は、慰謝料代わりに妻に渡したマンションで、別れて以来一度も尋ねたことはなかったが、転居先不明で返送されてこないところをみると住み続けているらしい。別居以来、顔を合わせたこともなく、写真の類も全て処分させられてしまったので、今となっては、元妻の顔はおろか娘の顔さえもおぼろ気にしか思い出せない有様だ。

家族三人で初めて動物園に出かけたのは、娘の三歳の誕生日だったと記憶している。山の起伏を巧みに使った歩きごたえのある動物園だった。季節は冬に近い秋で、出発の直前までしとしとと秋雨が降っていた。うさぎの着ぐるみを着た娘が、ぴょこぴょこと歩く姿がたまらなく愛しかった。ノーベル生理学賞を受賞したT教授が、早逝したわが子の命が戻るならばノーベル賞なんていらないと何かに書いているのを読んだことがあり、読んだ当初は科学者らしくないなと思ったが、自分の子どもを持ってみると身に沁みて理解できた。エントランスゲートを抜け、登り坂をしばらく歩くと象とキリンのエリアが現れた。象は見物人に背を向けて座り込んでいるし、キリンは置物のように立ち尽くしていた。落葉の音が聞き取れるほどに静かな日だった。妻は時折、娘のウサギの耳に触って、その感触を確かめていた。猛獣園の猛獣達も眠そうに地面に頭を押し付けていた。退屈だが幸せだった。その後、ゴンドラ列車に乗って、小高い丘の上の昆虫館に向かった。その日の記憶はそこで途絶えている。丘の上で何か騒ぎがあった気がするのだが、定かではない。

　最初の作品は、折った紙を開くと、間抜けな顔の犬がのっぺりと立ち上がるだけのシンプルなギフトカードだったが、年を重ねるごとに精緻化していった。三年目からは、ＣＡＤを使ってオリジナルの展開図を描いている。切り取るためのカッターやはさみも一流品を揃えた。円を正確に切り抜くためのサークルカッターも持っている。折り線にそって筋（すじ）を入れるためのニードルを三本、紙を丸めるときに使う丸棒を細太五種類用意している。定規や接着剤にもこだわっている。三十度角のカッターを使って、まるで人の皮膚にメスを入れるように滑らかに部品を切り離すことができた。そして、今や、立体的な円形コロシアムの中を二頭のライオンが、紙を開いた勢いで、メリーゴーラウンドのように上下しながら回転する仕掛けにまで進化していた。

　しかし、冷静に考えれば、開封されることなく、誰の目に触れることもなく、ゴミ箱行きだろう。おそらく紙ゴミとしてではなく、燃えるゴミとして分別回収されてしまうのだろう。それでも私は、いつか紙の動物園ができることを夢見て贈り続けている。

冒頭でも申し上げたように私は、ストラテジストを名乗っているが、同じような職種にエコノミスト、アナリスト、ファンドマネージャーがある。

エコノミスト、アナリスト、ストラテジストは調査業務（リサーチ業務）を、ファンドマネージャーは運用業務を担当している。

エコノミスト、アナリスト、ストラテジストは、同じ調査業務の担当者だが、一応、調査の対象で区分されている。エコノミストの調査対象は経済動向、いわゆるマクロ経済と呼ばれる分野。一方、アナリストは企業、いわゆるミクロ経済と呼ばれる分野を調査対象とし、ストラテジストは、市場動向や投資環境を調査対象としている。つまり、経済や企業業績の動向に限らず、市場の相場動向に影響を与える要因全般のほか、市場の需給環境動向をも調査対象としているのだ。

とはいえ、どの名称もＦＰのように公的な資格（厳密には、職業能力開発促進法に基づき実施されている国家検定のＦＰ技能検定と、日本ＦＰ協会の認定資格であるＡＦＰ・ＣＦＰ認定の二種類があるが）というわけではないので、いわば名乗ったもの勝ちである。

ちなみに、現在百三十余ある技能検定は、厚生労働省の所管であり、聖域と呼ばれることもあるらしい。

そのうえ、チーフ・ストラテジストである。ただのストラテジストでは足りないと考えた会社が箔をつけるためにストラテジストは、全員チーフ・ストラテジストなのだ。しかし、やっていることは、営業である。機関投資家を含めて大口に営業するための肩書きとして、実に馬鹿げた話だがチーフ・ストラテジストを名乗らせられているのだ。外資や大手では、考えられない話だろう。

ちなみに、この中ではエコノミストが一番えらそうだが、かつてのT銀のようにスターエコノミスト（故人）がいても潰れるところは潰れる。一将功成りて万骨枯るの見本であった。

そして、もっと箔を付けたいときには、クオンツを名乗ってもいいことになっている。名刺の裏面には、英語で、Quant is the specialist with a special scientific background working on the financial market. と書いてある。

私がこの業界に入るようになったきっかけは、ＩＴバブルの頃だから、もう三十年以上も昔の話だ。上級国家公務員試験に落ちた私は、後にＩＴ企業に変貌するガス会社に就職したのだが、いわば変革期で、途方もない時間の残業をこなし、心底うんざりしていた。当時の慰めと言えば、自作のパソコンに学生時代に得た量子力学の知識を活かして作ったプログラムを走らせて、為替の動向を予測し、検証し、プログラムをちまちまと改良することだった。ＡＩは、まだＳＦ世界のできごとだった。某経済新聞が一ヶ月先のドル円の値段当てを紙面の穴埋め用に公募していた。私は、このコンテストに運よく三ヶ月連続で入賞した。倦んだような景気停滞期でファンダメンタルな事象の変化もなく、小幅なレンジ相場が続いていた。そして、新聞社を通じて声がかかって、できたばかりの証券会社に転職したのだ。それが良かったのか、悪かったのか、いまだに分からない。

転職して五年か六年かたった頃に、アメリカの大手同業者が倒産したおかげで、世界中の景気が一気に後退した時期があった。株も債権も為替も何もかも売れなくなった。景気のいい時には電話口だけで商売が成り立っていたが、景気が悪い時期には、大口の顧客のもとへせっせと足を運んで、あの手この手の甘言を弄して買わせるしかない。一ヶ月に一足、靴を履きつぶしていた。

その頃、自分にある特殊な能力があることに気がついた。昼火事を見る能力である。いや、もし夜も出歩いていたなら普通の火事も目にしていたのかも知れない。

営業の途中によく寄る古いラーメン屋があった。その日は、地方共済の資金運用部を尋ねた帰りで、早めの昼食をとろうと近付いていくと店の周辺が騒然としていた。二階建ての店舗自体が一本の煙突になったように天に向けて炎を高々と吹き上げていた。大火力を使う中華系飲食店にはよくあることだが、壁の中や仕切りの木材が経年で炭化していたのが原因のようだった。

或る大口の個人顧客にあいさつに行ったときに、高級住宅街の中程にある邸宅の駐車場に置かれた巨大なハーレーが燃えくすぶっているのを見たこともある。この時は、爆発の危険を感じて足早に逃げた。

これは、もう少し景気が回復してからの話だが、儲けているとおぼしき法人には、税金対策として投資用の子会社をタックスヘイブンに作ることを盛んに勧めたこともあった。会社の利益には、随分貢献したつもりだった。つまらない派閥争いに巻き込まれさえしなかったら、もう一段出世できたはずだったのだが。

系列の銀行の本社に出かける途中で、渋滞の車の列から火の手が上がっているのを見たのが、一年前の話。

先週は、朝、出勤するときに東の空に黒煙が数キロにも渡ってたなびいていた。

けれど、思い起こしてみるとこの能力は、もっと子どもの頃から私に備わっていたような気がする。子どもの頃、何かに熱中してひたすら歩いていると、視界からほんの少し外れたところに燃え盛る真っ赤な炎を感じることがよくあった。

先ほどからずっと目の前の掛時計の秒針が九の文字のところで足踏みを続けている。電池を入れ替えればいいだけの話だが、今はその気力もない。

父親と母親は、私が物心つく前には既に他界していた。交通事故で死んだと祖父からは聞いたが、どうも真相は別にあるらしい。しかし、真実を聞かせてくれる人間は、もうこの世にはいない。

家族もいなければ友人もいない。近所づきあいもない。週末だけの秘密の部屋があるわけでもない。


今日は、朝からやけにメールの着信が多い。オシレーター系のアラート・メールが何本かあった後に、劇の台本を売りつけた中学生からのキャンセルのメールが入っていた。おいおい、たったのワンコインだぞ。担任の先生に見せたところ、もっと問題意識を前面に出した社会性のあるものを求められたそうだ。すごい中学校だな。おそらく真面目な教師には、笑いの中に私がこめた鋭い社会風刺が見出せなかったのだろう。或いは、気がついた上での誰かへの忖度か？　まあいい、少年よ、自分の頭で考えよう。ばかな大人にならないために。ところで君は、宮沢賢治が短編「やまなし」の中でクラムボンがかぷかぷ笑うと報告しているのを知っているかい。このクラムボンが何者かは、研究者が寄ってたかって調べて今もって分かっていないんだ。あまりにも分からなすぎて、宮沢賢治はロシアのスパイでクラムボンは仲間のスパイのコードネームという説もあるくらいだ。世の中は、分からないことだらけ。キャンセルの件承知した、とメールを返した。

次に、昨日の講演会の主催者からお礼と問合せのメールが入っていた。どうも講演会の参加者から伝染性疾患の保菌者が出たらしい。何の疾病かは書かれてはおらず、ともかく何か変調があったならすぐに知らせてほしいという内容だった。

ヤフオクからは、落札を祝うメールが入っていた。ノートパソコンのOSをMS社の指示に従ってバージョンアップしたら、とたんに動きが鈍くなったので、裏蓋を開けてみると、メモリーが一枚しか刺さっていなかった。追加の一枚分をヤフオクで探していたのだ。

パソコンを開いたので、メールを確認するついでに、学生時代のアルバイトの思い出話に出てきた回転レストランが現在も存在するのかをネット上で検索してみた。残念ながら、既に十年前に解体され、跡地には高層マンションが建っていた。地元新聞の記事は、解体時に地下駐車場のあった場所のさらに二メートルほど地下から身許不明の白骨死体が発見されたと伝えている。主な特徴は、年齢二十歳前後で、性別は男。左大腿骨に骨折痕あり。

ついでにいいニュースが一つ見つかった。かねて私に損失補填を強要するかのような電話をかけてきていた特殊顧客の一人が銃刀法違反で逮捕されていた。電話番号を変えようとまで悩んでいただけに、ほっとした。電話は、娘との唯一の連絡手段なので、できれば変えたくなかったのだ。

しかし、それもつかの間の幸運でしかなかった。あろうことか、午後の郵便で紙のライオンが、送り返されてきた。日曜日くらい郵便屋さんも休めばいいのにと思ったが、おそらく、つかこうへいが牧歌的に作劇した時代ははるかに遠く、今や民間事業者との競合が極めて激しいのだろう。受取拒否でも転居先不明でもない。そして、元妻の手紙が同封されていた。

彼女には似合わない感情的な筆致だった。前略も時候の挨拶もなく、いきなり始まっていた。

「もうこんなことはやめてください。あれから十年経ちました。これまでは居間の片隅に置いておきましたが、十年を機会に実家の父母の墓の隣に葬ることにしました。簡単な供養もしてあげました」

どういうことだろう。何を埋めたいのだ。私がこれまで贈り続けてきた動物達を墓地に埋めるというのか？　何のために？

「あの子のことはもう忘れてください。まだ生きているかのように誕生日に花を贈ってくることは、金輪際やめてください。毎年、毎年、あの子の誕生日に花束が届けられるたびに私がどんな思いをしているのか。たぶん、あなたはそれが分かっていて、それを楽しんでいらっしゃるのでしょう。あなたは、そんな人です。悪魔です。私は、この家を出ます。ようやく決心がつきました。あなたとあの子と三人でわずかの間住んでいたこの家を出ます。これであなたも満足でしょう。もう本当に忘れてください。私のこともあの子のことも。あの子の死は、確かに私にも非があったと思います。私がほんの少しの間でもあの子から目を離さなければ、あんな事故にはなっていなかったでしょう」

何を言っているのだ、この女は。気でも違ったか。私のマイコは、もう十四歳。まだ十四歳。結婚が遅かったせいか、晩年の子供と言っても誇張ではない。元妻は、私が秘かに毎年運動会を見に行っていることに気がついていないのだろうか。

乱れた手書きの文字で元妻からの手紙は、まだ続いた。

「けれど事故は事故です。不幸な事故なのです。あなたが口癖のように言っていた『リスクヘッジ』ができるものではなかったのです。あの日、雨が上がらなかったら、雨が上がっても動物園になんか行かなければ、と何度悔やんだことでしょう」

さきほど飲んだジアゼパムの効果が出てきたようだ。眠気が兆してきた。もうあんな悪夢は結構だ。トロッコ列車で丘の上に上り、昆虫館を見学した。帰りに私はトイレにより、妻と娘は先に外に出ていた。帰りは、娘を抱いてトロッコ列車の横を併走する長い滑り台を滑り降りるつもりだった。係員が一人いて、列車の操作と滑り台への乗車確認を行っていた。トイレを済ませて昆虫館の入り口を出たときには、既に二人の姿は視界になかった。係員がこちらに向かって歩いてくるのが見えた。ふいに、冷気を引き裂くような女の甲高い悲鳴が聞こえてきた。

「さようなら。さようなら。さようなら」殴りつけるように書かれた最後の言葉に、私の心臓も悲鳴をあげた。

左後方で真っ赤な火柱が上がるのが感じられる。きな臭いにおいが辺りに立ち込めてきた。もう手足は自由にならない。私は、ゆっくりとまどろみの海に深く深く沈んでいった。

ダルマ市にて

瀬戸川に架かる当目橋のたもとに昔からある和菓子屋の店先で待ち合わせをした。四十年前に交わした幼い約束を確かめるために。

隆がそこに着いた時、待ち合わせの時刻にはまだ一時間ほどの余裕があった。昔ならば既にこの辺りから祭りの賑わいが感じられたものだが、長引く不況の影響か、最近はめっきりと人出も少なく、遠くで鳴り響く鐘の音と時折ダルマをぶら下げた人が通ることでダルマ市（いち）の日であることがようやく知れた。

焼津市虚空蔵山（こくぞうさん）山頂に建つ當目山香集寺（とうもくさんこうしゅうじ）の本尊である虚空蔵菩薩は、地元では伊勢朝熊、京都嵐山とともに日本三大虚空蔵尊の一つに数えられている。

虚空蔵菩薩とは、広大な宇宙のような無限の智恵と慈悲を持った菩薩であり、智恵や知識、とりわけ記憶力に御利益をもたらす菩薩として信仰されている。像容は、右手に宝剣、左手に如意宝珠を持つものと、右手は与願印の印相で左手に如意宝珠を持つものとがある。香集寺の像容は前者であり、聖徳太子の作を弘法大師が安置したという伝説も地元には残っている。現在は、無住の香集寺ではなく山麓の弘徳院で秘蔵されている。

毎年二月二十三日は、虚空蔵さんの縁日で参道にダルマ市が立ち、商売繁盛・家内安全・豊漁祈願を願ってダルマを買い求める人々で賑わう。最盛期には、多くのダルマ店を含め五百軒近い露店で賑わったとの記録があるが、今その面影は薄い。

鐘の音は、浜当目地区一帯に朝から絶えることなく鳴り響いていた。麓（ふもと）から十五分ほどで登れる虚空蔵山山頂の鐘楼では、この日ばかりは誰でも自由に鐘を突くことができた。

隆は、厚手の灰色のブレザーの下に黒いタートルネックのセーターを着ていた。心を落ち着かせるため、待ち合わせの時間まで一人で参道を歩いてみることにした。しばらく歩いて徐々に露店が姿を見せ始めると、いが栗頭の十二歳の隆がふっと人混みの中に現れた。焼きりんごを買おうか綿菓子を買おうかそれとも鯛焼きにしようか、彼は大いに迷っていた。路地といってもいいような細い通りの片側にびっしりと露店が連なっていた。バナナの叩き売りも居た。射的屋もあった。焼きそばのソースの焦げる匂いやイカ焼きの香ばしい匂い、焼き菓子の甘い匂いが店の傍らを通るたびに彼の鼻を刺激した。人の流れが入り乱れ、そこここで渦を巻いていた。がまの油売りや怪しげな見世物小屋は、残念ながら今は見られないが、彼の子供時分には海岸近くの松林の間に店を出していた。ブリキの玩具屋の前で少年の彼の足が止まった。ゼンマイ仕掛けで筒の先からチリチリと火花を出す戦車が無性に欲しくなった。しかし、それを今買ってしまったらもう何も買えなくなってしまう。まだまだ店は虚空蔵山に向かって続いていた。最後まで行ってまた戻って来た時に買うかどうか決めることにしよう。とりあえず我慢して先に進んだ。

ダルマを売る店は、数え切れないほどあった。ほとんどの店は静かに商っていたが、なかには声を張り上げて売る威勢のいい店もあった。

「さあさあ、とくとご覧あれこのダルマ。八の字もみあげが印の藤枝ダルマだよ。昔むかしの大昔、石津浜の乙吉がこのダルマ市で買っていきラフカデオのハーンさんが拝んだダルマが、これとおんなじ藤枝ダルマだ。縁起がいいこと請け合いだよ」

四十年前の二月二十三日。隆は、小学校六年生だった。授業が終わるや否や、ほとんどの生徒が我先に虚空蔵山を目指した。大抵は、浜当目に住む生徒が友達を誘っていた。浮足立って声高なおしゃべりの列が校舎から延々と続き、遠足のような光景だった。けれど、その日、隆を誘う生徒はいなかった。あいにく、唯一の友達と呼べる英介が風邪を引いて学校を休んでいたのだ。

小学校の裏手に小川が流れている。今ではきちんと金網のネットが廻らしてあって、通用門以外から校外に出ることはできないが、当時はそのまま川に入ることができた。隆が低学年の頃には、放課後、その小川でよくザリガニやタガメ、ドジョウやメダカを捕って遊んだ。高学年になって川遊びをやめたのは、他の遊びで忙しくなったせいか、それとも川に生き物がいなくなったせいだったか。魚毒性の強い農薬が普及するようになって、メダカやザリガニの姿が小川から忽然と消えていた。

小川の縁に腰を下ろし、所在無げに澄みきった水の流れを眺めた。志太平野を吹き抜ける風は身を切るように冷たく、目の前の高草山にはまだ春の兆しは微塵もない。しもやけが崩れた指がポケットの中でひどく痛痒かった。やっぱり、家に帰ろう。よし、田んぼをまっすぐに家まで突っ切ってやろう。大人もみんなダルマ市に出掛けているはずで、叱られる心配はないだろう。立ち上がろうと思った瞬間に背中をどんと蹴られた。

「なんだよお、こんなところで。しょぼくれて」

振り向くと、先生の口調を真似た裕子が腰に手を当て、口の先をとがらせていた。「なんだよお」と鸚鵡返しに怒鳴ったが、内心は少しうれしかった。いつから見ていてくれたのか、探してくれたのか。隆は放課後、時々この場所で物思いに耽っていることがあったから、見当を付けて探しに来たのだろう。

「行くよ。こくぞうさん」

裕子がきっぱりと言うので、隆は、しぶしぶと腰を上げた。裕子は、回れ右をしてすたすたと歩き出した。彼女の五メートルほど後ろを隆は、ついて行った。朝、家を出る時に祖母からわずかではあるが小遣いを持たされていた。

隆に両親はいなかった。隆の両親は、隆が七歳の時にともに事故で死んでいた。深夜、静岡市から焼津市に戻る途中の大崩海岸で駿河湾に向かって車が転落したのだ。ふたりとも即死だった。隆は、祖父母からは単に車の事故としか聞かされていなかった。

何を買おうかな。現金なもので、先ほどまでの空虚な思いは霧散して、小さな欲望が頭をもたげていた。時々、裕子は心配そうに後ろを振り向いた。

「ちょっと待ってて」と言い残して、裕子が自宅に入っていった。裕子の実家も隆の家同様に貧しかった。朝比奈川の支流の傍らで、何年かに一度の大水で川が溢れる時には、決まって床下浸水になる家だった。もう既にダルマ市の賑わいは、目の前の国道を越えて彼女の家近くまで押し寄せてきていた。国道を渡ったすぐの道から屋台が両側にぎっしりと並び、人の群れが隙間なく続いていた。

世間ではとうの昔にもはや戦後ではないはずだったが、沿道のところどころに白っぽい服装の傷痍軍人が松葉杖をついて立っていたり地面にダルマのように座り込んだりして黙って義損を求めていた。彼らは本物ではないと大人から聞かされてはいたが、隆には正視することができなかった。単純にこわかった。ふたりは、人の波に流されながら徐々に弘徳院の門前に近付いていった。

裕子は、おみくじ屋の前で足をとめた。まだ、隆は一度もおみくじを引いたことがなかった。関心もなかったし、信じてもいなかった。彼女は、一度だけ引いたことがあると言う。それは、まだ彼女の父親が生きていて比較的裕福に暮らしていた頃の話だ。可愛がっていた猫がある日ふっつりといなくなってしまい、その行方を占うために焼津神社でおみくじを引いたと言う。失せもの東南の方角にあり。はたして猫は東南の方角で見つかり、一度は家に連れ戻したが、再び出奔して二度は帰ってこなかったと言う。

彼女は、ませた仕草でおみくじを買った。「縁談　現在の縁を大切にすれば、いずれの日にか必ず成就すべし」小吉。この時に、裕子が決然とした顔で隆に告げたのだった。

「隆君、いい。私達はね、絶対に結ばれるの。十年先か、二十年先か、それは分からないけど」
「もし、結ばれなくても、死ぬ時は一緒よ」

それから、急ぎ足で色とりどりの屋台を見て回るうちに、隆の脳裏に半年前の夏休みの記憶が鮮やかに甦った。大きな麦藁帽子を被った金魚売りが短パン一丁で天秤棒をかついで路地を回っていた夏だった。入道雲が本当に入道雲の形をして飴色に輝いていた夏だった。隆は、ラジオ体操のカードと水泳のカードを絶対に失くさないようにランニングシャツの首からぶら提げていた。隆は、その前の年、買ってもらったばかりの海水パンツを友達の家から学校のプールに行くまでの間に失くしてしまい大泣きをしたことがあった。小学校の往復、隆は、大抵歩きながら本を読むか夢を見るかして、いろいろなものを落としていた。級長バッチを落としたこともあったが、幸いこれは翌日に見つかった。友達の家の洗濯機に手回し式の脱水装置がついていたことをはっきりと覚えている。まだ、彼の家には洗濯機がなかったのだ。

コールタールの簡易舗装は、昼前に早くもドロドロに溶け、道路のいたるところに陥没が出現した。通り過ぎる車など一台もなかった。炎暑に焼かれて魚の匂いのする小さな町は、死んだように静かだった。自転車に乗った片腕のない老人がまるで柳の枝のように隆の傍らを通り過ぎていった。

小泉八雲の怪談が夏休みの読書感想文の課題図書だった。読み終えた日の夜に、隆の枕元に小泉八雲が立って、ぎこちない日本語でなぜか台風の接近を告げた。ミナミダイトウジマノオキアイヒャッキロヲチュウシンフウリョクヒャクメートルノチョウオオガタノタイフウガツヨイセイリョクヲタモッテホクジョウシテイマス。

隆の両親が亡くなった同じ年の十月にマリアナ海域集団遭難事件が起きた。御前崎港や焼津港に所属する七艘のカツオ・マグロ漁船がマグリハン島南西で台風の直撃を受けてマリアナ海に沈没し、二百人を超える死者・行方不明者が出た。この事件で隆の同級生の一人も父親を亡くしていた。

カーテンのない窓から差し込む強い朝の日差しに、体中から汗が吹き出して、隆は、もはや起床するほかなかった。

「夏休みの友」の理科の頁を開いたら蝉の写真が載っていたので、その頁を開いたまま蝉取りに出かけた。家の裏手にある墓地の雑木林にはアブラゼミなら腐るほどいた。隆は、透き通った羽を持つクマゼミに狙いを定めて慎重に網を被せた。

そして、午後になると毎日のように小学校のプールに通った。時々は、裕子ともプールで出会うことがあった。「やあ」とか「おっす」とか短い挨拶を交わした。裕子のふくらみ始めた胸元が眩しくて、すぐに目を逸らしてしまうのだった。隆は、田舎の子供らしく真っ黒に肌を焼いていた。小学校最後の夏は、友達の英介が附属中学の受験勉強のために一緒に遊べないのが残念だった。隆には、電車に乗って二駅も離れた町の中学校に通うなんて想像すらできなかった。だから、その夏以降、英介と遊ぶことは一度もなかった。中学二年生の夏休みに野球の練習試合のために英介の通う中学校まで二時間もかけて自転車で遠征した折に、偶然テニスをしている英介を見つけて一言二言言葉を交わしたのが彼と会った最後だった。英介は、大学の卒業旅行でインドを訪れたまま行方知れずになっていた。

空を飛ぶ夢をよく見る人がいるという。隆は、落ちる夢しか見たことがなかった。高層ビルの最上階から足を踏み外したり、実家とおぼしき家の漆黒の瓦屋根から飛び降りたり、真っ青な海に向かって崖から滑り落ちたり、なだらかな草の斜面をいつまでも転げ落ちたこともあった。目が覚めた時には、ああまたかと思う。あの日から悪夢は、続いている。
　夢は、時々迫真の現実感を伴っていた。真っ暗な闇の中を必死にハンドルを握っている。崖を巡る道でカーブの曲がりも大きい。一瞬の気の緩みが事故に繋がる。そろそろ旅館の建物が見えてくるはずだが、いつまでたっても暗い道が続いている。一人きりで走っていたはずなのに、いつしか助手席に人の気配がする。濃い化粧の匂いが漂ってきた。誰がいるのか。顔を横に向けた瞬間に白い腕がにゅっと伸びてきてハンドルを抗いようのない強い力で左に回す。とっさにブレーキを踏んだ。間に合わなかった。車は垂直に切り立った崖をダイブして、暗い海の中に飲み込まれていった。

　噂では、彼女の身に降りそそいだ雨風も決して優しいものではなかったようだ。二十歳で結婚し、翌年に生まれた第一子は丈夫な男の子だったが、十年目にようやく恵まれた待望の第二子はダウン症児だった。病気がちのその子を懸命に育ててきたが、五年前に不慮の事故で亡くした。毎朝、近くの公園までラジオ体操に連れて出ていたのだが、ある朝、一瞬目を離した隙に前日の大雨で増水した用水路に流されてしまった。早い水の流れの上にひまわりの花を見つけて、それを取ろうとしたらしい。裕子の好きな花だった。流された距離はわずかだった。彼女は、我を忘れて水路に飛び込み、必死に抱き上げたが、落ちた時の頭の打ち所が悪かったらしい。次男の死の衝撃に耐えられずに彼女は離婚した。長男の親権を争ったが敗れ、彼女の手には何も残らなかった。

参道の入り口近くを流れるどぶ川を何十匹もの成長した鯉が縦横無尽に泳ぎまわっていた。鯉は、隆たちの子供の頃からそこにいたわけではない。高度経済成長の過程でしだいに汚れていった川を鯉の棲める川に戻そうという目的で放された鯉たちだったが、ますます汚濁が進んだ現在でもしぶとく生き延びていた。

もう隆には、生きる気力が残っていなかった。もう一度だけ彼女に会って、あの輝かしかった子供時代の四方山話をしたら、父母が死んだと聞いている場所から自分も身を投げて死のうと考えていた。二十年ほど前に妻を亡くした時には、二ヶ月近く食べ物が満足に喉を通らなかったが、息子を亡くした今となっては、それも物易しいことに感じられた。

隆が男手ひとつで育てた弘は、自慢の息子と言ってよかった。国立大学の工学部を一昨年の春に卒業して地元の大手自動車会社に就職し、傍で見ていても眩しいほどに充実した生活を送っていた。隆は、仏前のコップの水を換えながら、今の息子の姿を一度でいいから死んだ妻に見せてやることができたらと思った。

　しかし、不幸はいつでも人の後ろにそっと忍び寄り、ある日突然に手を伸ばすものだ。三ヶ月前の十一月、朝からしとしとと氷雨の降る日だった。二つ年上の先輩が運転する車に同乗して行楽地に行く途中だった。濃霧注意報が出されていた。積載過多でブレーキが利きにくくなっていたトラックに追突され、逆車線に突き出され、走ってきたやはりトラックに正面衝突し、ふたりとも即死だった。車は見るも無残なほどひしゃげてしまっていた。隆の喪失感は言葉では表わせないほどに大きかった。もう、これ以上生きていても意味がないと思った。

　落ちる夢に代わって、しばらくは息子の夢をみた。夢だけではない、一日中夢のように思い出していた。あれを白昼夢というのだろうか。遊園地の巨大迷路で本当に迷子になってしまい大泣きした幼稚園の春の遠足。空手の昇級試験に失敗して目を泣き腫らした小学二年生の冬。常に学年トップだった数学のテストの得点が二番に落ちて悔し涙を流した中学生の日。高校生になって夏休みのバイトで稼いだお金でスポーツ自転車を買い、一週間ほどの野宿から帰ってきた時の真っ黒な顔。第一志望の大学に受かった時の満面の笑顔。

七歳、母親の葬式の日。お前は泣かなかった。はしゃぎまわる親戚の幼児の面倒をよく見てくれていた。様々な息子の顔が走馬灯のように寝ても醒めても食事をしていても風呂に入っていてもいつしか隆の脳裏に浮かんでは消え浮かんでは消えした。

待ち合わせの時間が迫り、隆は、逡巡する気持ちを抱えたまま来た道を戻った。彼女を自分の個人的な感傷、個人的な死につきあわせてしまって、果たしていいものかどうか。彼女は、昔のようにそっと隆の心を包んでくれるだろうか。利己的だとは分かっていても、生涯にもう一度だけ彼女の気持ちに甘えたかった。

大学生時代、教養の授業で曽根崎心中を読んだことがあった。退官間際の教授の講義で、講義の内容はすでに忘れてしまったが、いつも講義とは脈絡もなく突然に始める無駄話を今でもよく思い出すことができる。強い近視だったのが、戦争中に授業がなくなって空ばかり見ているうちに眼鏡がいらなくなったとか、撃ち落とされた米軍機の破片を探しに山の中を彷徨ったりしたとか、戦後、すし詰めの汽車から人がこぼれ落ちて死ぬのを真近に見たとか、厚い眼鏡を掛けた教授は、折に触れて戦中・戦後の話をしたものだった。学生の隆には、徳兵衛のことは、自分の無実を証明するための自死に女を巻き込んだ身勝手で弱い男、お初のことは馬鹿な女としか思えなかった。その時にはそんな浅薄な理解しかできなかった。

当目橋のたもとの待ち合わせ場所に既に彼女は来ていた。和菓子屋では、店の前の駐車場にテントを張り長机を並べて懐かしいタンキリ飴を売っていた。それを眺めている四、五人の客の中に影のように裕子はいた。朽葉色の細身のトレンチコート姿だった。

「久し振りだね」

「三十何年振りよ」

「ちっとも変わらないね」

「もうおばあさんよ」と言って彼女は笑ったが、その笑顔には軽い屈託が感じられた。長男が一昨年に結婚して、この正月に初孫が誕生したと言う。強い光を顔に浴びて一瞬目を閉じただけなのに、目を開けてみたら四十年の歳月が回り舞台のように入れ替わっていた。

「この町は変わらないね」

「ううん。人も町も随分変わったわ。虚空蔵さんもこんなに寂しくなっちゃって」

「富士山が世界遺産登録されたら、二月二十三日はお休みになるから、そうしたら、昔の賑わいが戻るんじゃないかな」

肝心な話をなかなか切り出せない隆に裕子のほうから助け舟を出した。

「何か私に話したいことがあるんでしょ。子供の頃と全然変わらないね。困ったような顔で少し眉毛が八の字になる時は、決まって何か言いたい時だったわ」

「そうだったかな」

「そうよ。私が、どうかしたのと聞いてあげると、いつでも息咳切ってあなたは話した。でも私から水を向けなければ何もしゃべらなかったわ」

だから、時々何か言いたいことがあるなと分かってもわざと聞かないことがあったと言う。そうだったのか。今日こそは落ち着いて話そう、と隆は思った。ふたりは、並んで虚空蔵山に向けて歩き始めた。

晴れているのか曇っているのか、よく分からないような天気だった。黄砂が例年に比べ一ヶ月も早く飛来して焼津の空を覆っていた。

あの日もたしか黄砂が舞っていた。放課後、校庭の片隅で野球の球拾いをしながら、黄砂に霞む春の空をぼんやりと隆は、見上げていた。むずがゆいような、なんだか切ないような、変な気分だった。通りがかった体操服の少女が「球拾い。ぼんやりするな！」と声を掛けてきた。裕子だった。一瞬、視線を彼女に向けたが、すぐに元に戻した。子熊のぬいぐるみのように愛くるしい容貌の彼女は、学校の人気者だった。中学校でも同じクラスだった。

さして広くない校庭に野球部とサッカー部が同居していたから、サッカー部の領域に侵入する野球部の一年生の球拾いは邪魔者だった。一世を風靡した野球漫画のテレビ放送が終わりかけ、サッカー漫画が人気を博していたので、サッカー部の勢いもよかった。

目を合わさずに彼女と一言二言言葉を交わしている間に、外野手の頭上を越えた打球が隆の前で大きくワンバウンドした。グラウンドを共有している時には、フライは絶対に上げてはならないことになってはいたのだが。隆が大きく背伸びして捕球しようとした肩口へ、やはり逸れたボールを追ってきたサッカー部員が勢いよくぶつかった。隆は弾き飛ばされ、肋骨を二本骨折した。

骨折が癒えるまでの間、しばらく部活動は休むことになった。休部中のある日、隆は、放課後の誰もいない放送室でビージーズのメロディフェアを裕子と一緒に聞いた。放送部員だった彼女が誘ったのだ。

窓際で雨を見つめている少女は、誰？

人生は雨にではなく、メリーゴーラウンドに似ているね。

髪をとかしてごらん、メロディ。君はただの女の子だよ。

辞書を引き引き英語の歌詞の意味をふたりで一生懸命に訳したものだった。隆は映画を見てはいなかったが、裕子は見ていて、その内容をこと細かく……金魚鉢に何匹金魚がいたかまで覚えていて教えてくれた。

幼い恋をした十一歳のダニエルとメロディの物語だ。「よぼよぼになる前に」結婚したいと考えた彼らは、親や教師の反対を押し切って、クラスメートの協力で「結婚式」を挙げてしまう。そして、未来に向けてふたりでトロッコを漕いで出発していく。

遠い遠い外国のお話だと思った反面、僕たちにもいつかこんな日が来るのかも知れない、と隆は漠然と思った。


「たぐっちゃんがこのあいだ死んだみたいだね」

中学校二年生の時のふたりの担任は、田口という名前のユニークな美術教師で、現在では存在を許されないタイプだった。時には好奇心旺盛な生徒の求めに応じて性教育を始め、黒板に女性器の絵まで描く始末だったから、厳格な学年主任とは常に対立しているようだった。肥満体で河馬のような顔をしていたから女生徒に人気はなかったが、クラスの男子生徒には「たぐっちゃん」と呼ばれ親しまれていた。ところかまわず煙草をふかし、煙草が切れた時には、駄賃を与えて生徒に煙草を買いに行かせていた。前任地でも生徒間の恋愛を煽って問題になったというもっぱらの噂だった。

隆は、自分たちの交際について田口に相談したことがあった。野球部の部長の三年生が、彼女にラブレターを渡したという話を誰かから聞いて、どうしたらいいのか分からなくなってしまったのだ。裕子に問い質すと、「あんな大きな体でとっても小さな字を書くのよ」と妙な感心の仕方をしてみせただけだったのだが。

人を避けて歩きながら、裕子もぽつりぽつりと自分の身の上を話し始めた。彼女の夫は優秀なエンジニアで多忙を極めたために、子育ての全てが彼女に委ねられた。健康な子供だったらそれでも何とかなったろうが、いつまでたっても気の向くままに悪戯ごとをすることしかできない障害児を抱えて、彼女には深い疲れが滓（おり）のように溜まっていた。それでも生涯この子の面倒を見ようと覚悟を決めていたから、五年前の夏にふいに死んでしまった時は、一瞬でも子供から目を離した我が身を責めて、そのまま自分も死んでしまおうと考えたと言う。一桁の足し算もままならなかったが、本当に澄んだきれいな目をしていた。そして、他の誰にも真似のできないような満面の笑みを浮かべて見せた。その無垢な笑顔にどれほど救われたことか。


「あれはいつだっけ。森田君の弔辞の文章をふたりで考えたのは」

「それは小六の時」

級友の森田君が急性白血病で急逝したのは、小学校六年生の夏休みの終わり頃だった。学級委員だった隆と裕子は、生徒を代表して通夜に出席し、学校の宿直室で弔辞の文章を書かされ、翌日の葬儀に出席した。森田家は分家で、初めての仏様だったから、まだお墓の用意ができていなかった。翌年からの数年間、命日が巡ってくると、隆と裕子は同級生に電話を掛けて六年生の時の担任教師とともに墓参りをした。供花や線香は各自がてんでに持ち寄った。森田君はもともと腺病質で、がさつな生徒の多い田舎の学校では目立たない子供だった。卒業アルバムに収められたその夏のキャンプの集合写真では、飯盒炊爨の煙の向こうではにかんだ笑いを浮かべていた。

中学生の頃の雨の日曜日。祖父母に隠れて、隆は、秘かに古い一冊のアルバムをひもといた。色褪せ、手垢にまみれたアルバムだった。出征前と思われるキャハン姿の先祖の写真から始まり、年に一枚か二枚づつ増え続け、隆が生まれてからは、父親がカメラを買ったからだろうか急に写真の枚数が増えていった。写真の中の隆は、例外なく目を細めどこか不機嫌そうな顔をしていた。しかし、そのアルバムも隆の七歳の七五三の写真で終わっている。それから先、一枚の写真も増えていない。両親が亡くなってから隆の成長を記すものは何もなくなってしまった。祖父母は、確かに見守ってくれはしたが、隆の胸の空洞を埋めるものではなかった。

虚空蔵山の登り口に近づくにつれて、露店の数が増え、参詣の人の歩みはゆっくりになった。隆にとって虚空蔵山は、それほどなじみのある山ではなかった。隆は、高草山を毎日見て育った。焼津市と静岡市の境に横たわる標高五百メートル余りの山だ。南アルプスの末裔であるとかないとか。麓の小・中学校では、高草山登山競争を毎冬の恒例行事にしていた。一月か二月の一年で最も寒い季節に、校庭に引かれた半円の白線の後ろで犇くように出発の号砲を待つ生徒たち。吐く息がまるで火炎放射器の炎のように広がった。号砲を受けて何百人が一斉に走り出すが、その列はたちまち長く伸び、一キロメートル弱の市道を走り抜けて登山口に辿りつく頃には、すっかり一本の破線になった。七合目までは舗装された車道を走り、そこから先は、茶畑と茶畑の間の杣道(そまみち)を荒い息をついて登っていく。早い者はわずか二十分ほどで楽々と駆け上がり、隆も含め遅い者は、一時間近くかけて必死に登っていった。

やっとの思いで高校生になった。隆は隣市の進学校に、裕子は市内の普通高校に進んだ。

「あの頃、すぐにでも働きたい、と思っていたんだ」

隆は、できるだけ早く就職して自分の力で生活したいと中学生のある時期まで考えていた。けれど、教師の強い勧めに従って進学校に進むと、高校は大学に進むための過程に過ぎないという周りの風潮に簡単に染まってしまった。大学合格が唯一無二の目標になった。

入試に無関係の美術の授業では、よく学校の周辺のスケッチを命じられたが、誰もが図書館であるとか、自分の教室であるとか、校舎の思い思いの場所で内職に励んでいた。隆もスケッチブックは早々に放り出して、校舎の片隅の陽の当たる廊下に足を投げ出して、一心不乱にコンポジションの頁を手繰った。顔を上げると汚れた窓ガラスの向こうに、白い夏の雲が浮かんでいた。少し離れた水飲み場の真鍮製の蛇口からぽたぽたと水の滴る音が聞こえてきた。

何本かバスを乗り継いで山奥のキャンプ場に行ったのは高校二年の夏だった。中学校の同級生の母親の実家が近くにあって、同級会のようなものをそこでやることになった。離れが空いていて雑魚寝なら十人や二十人は泊まれるというので宿泊希望者は着替えだけ持っていった。昼前に集合してバーベキューを始めた。キャンプをしなくてもバーベキューだけの予約ができたのだ。男が七人、女が三人参加した。

昼食を済ませた後、キャンプ場の周りを全員で散策した。清流がキャンプ場を蛇行して縦断していた。よく晴れた暑い日だった。小さな子供たちが裸になって水浴びをしていた。川に沿って上流にしばらく歩いていくと「滝まで２５０ｍ」の標識が立っていた。細い吊り橋を渡って向こう岸に行く。滝までの道は狭く勾配が急で、湿って滑りやすかった。隆は、最後尾を歩いていた。途中で裕子が遅れて隆と並んだ。ふたりは、皆から少し遅れて登って行った。岩が張り出して手をつかなくては登れないような場所が何箇所もあった。隆が先に登って裕子に手を貸した。額に噴き出した汗が木漏れ日に光った。滝まで二百五十メートルの数字は、ほとんど標高に等しかった。進めば進むほど登山道は急峻になっていった。汗を拭くハンカチを途中で何回も絞った。

しだいに滝音が高くなり、眼前に落差四十メートルを超える巨大な滝が現れた。水量は豊富で水しぶきが霧のように辺りに漂っていた。汗をかいた体に心地良かった。隆は裕子と並んで滝を見上げた。滝の上に真っ青な空が丸く乗っていた。裕子が隆の耳元で何か囁（ささや）いたが滝音に消されて聞こえなかった。隆は聞き返した。裕子は何も言わず目線を上げたまま体の後ろに隠れるように隆の指に自分の指を絡ませた。隆がもう一度問いかけようとした時に、背の高い女生徒が大きな声で裕子を呼んだ。指はそっと離された。隆も含め五人の男子生徒が友人の実家の離れで一泊し、女生徒たちは帰りのバスがあるうちに帰っていった。その晩、初めてアルコールに触れて、翌日、アレルギー性のバラ色の発疹が隆の体中に拡がった。

「登ってみるかい」

虚空蔵山の登山道を登りながら、隆は、彼のその後の人生について裕子に語った。

隆は、北関東の大学の理工学部を卒業後、そのままその地方都市のさして大きくない金属加工会社に就職した。

妻とは平凡な社内恋愛だった。結婚後、すぐに長男、弘が生まれた。次の子供は流産で、結局子供は弘一人しか授からなかった。

街に流れるクリスマスキャロルがただの騒音にしか聞こえない年があった。隆が三十五歳の冬だった。隆の妻は、喉の奥にできた癌で死の淵に瀕していた。すでに声は出せなく、筆談の文字の震えも激しくなっていた。息子の弘はまだ七歳で、画面が激しく点滅するテレビのアニメーションに夢中だった。

妻の死後、隆は会社を辞め、帰郷した。五年前に祖母が死に、荒れたままに放置されていた古い実家に戻ることにした。一人で子供を育てるにはどうしたらいいのか、考えあぐねた末の結論だった。

焼津に戻ってしばらくしてから、隆は、久し振りに小泉八雲を読み返した。隆の部屋の本棚に厚く埃をかぶって昔読んだ本がそのままに残っていた。……いくら長い間大海を漂っていようと、いずれはどこかの岸辺に漂着しなくてはならない。こんな読後の感想を隆は、抱いた。

それにしても小泉八雲は、どうして焼津なんかに逗留したのだろうか。「宿もない」と自ら「乙吉のだるま」で書いているような東海の僻村に。

弘が死んで一ヶ月ほど経ったある日から隆の身の回りで異変が起き始めた。弘の後を追うように古い家電製品が次々に壊れていった。隆が焼津に戻ってからまとめて購入した品々なので同時期に寿命を迎えても不思議ではなかったが。まず、ブラウン管式のカラーテレビの画面から赤い色が失われた。次に、電気炊飯器のタイマーが利かなくなった。そして、冷蔵庫がただの鉄の箱になった。しかし、それらの故障を、隆は全て放置した。食事は、カップ麺かコンビニ弁当で済ませた。毎日のニュースも気にならなくなった。テレビも冷蔵庫もなければないで格別困らなかった。

体力が落ちているせいか、この冬ひいた風邪がこじれた。微熱が続き、咳がいつまでも止まらなかった。もの心ついてから体調が悪くなると決まって耳鳴りが激しくなったが、今やその高い金属音は最高潮に達していた。

四日前。隆は、ふと気がつくと満員の通勤電車に揺られていた。すぷるへくかりそそそ、ぎゃれてえあ。そっそそ、はりみんでぎか、うわっ、わっ、わっ。普段からよく理解できない女子高生の日本語がこの日は、ひどい耳鳴りに邪魔されて全く聴き取れなかった。やがて電車は会社のある静岡の駅に着く。隆は、改札に急ぐ人々の群れに押し流されて行く。女達のナイフのように先の尖ったハイヒールが隆を脅かす。地下道に響き渡るハイヒールの高い音に耳を覆って地上に出ると、地上では羽のない猛禽類が傍若無人に行き来している。こんな早朝なのに日傘をさした乳母車が横断歩道の真ん中で立ち往生していた。

会社に着いてもどくどくとこめかみが脈打ち、目の奥が針を刺すように痛んだ。まるでひどい二日酔いのような状態が日中ずっと続いて、隆は、仕事に身が入らなかった。なんとか定時まで勤め、退社して外に出ると今度は、嗅覚に異常を覚えた。街中がきな臭く感じられた。いがらっぽい匂いが鼻の奥をくすぐってくしゃみが出そうになる。誰か近くで歩き煙草を吸う不心得者がいるのかと四囲を見回したが、喫煙者など見当たらない。会社から駅までの道を歩く間中ずっと、不快な匂いにまとわりつかれた。自分の知らない間にもしかしたら大きな火災がこの街であったのだろうかと勘繰るほどだった。

三日前。隆は、自宅から焼津駅までの往復に自転車を使っていたが、冬の間は、定時に退社しても帰り道はすっかり夜道になった。自転車の前照灯が何日か前から点かなくなっていた。瀬戸川にかかる橋を渡り終えたところで運悪く交通取締り中の警察官に呼び止められ、無灯火を注意された。隆が言い訳を一言言うと警察官は眠いような声で道路交通法を諳(そら)んじた。道路交通法第五十二条　車両等は、夜間、道路にあるときは、セイレイデサダメルトコロニヨリ、ゼンショウトウ、シャハバトウ、ビトウソノタノトウカヲツケナケレバナラナイ。セイレイデサダメルバアイニオイテハ、ヤカンイガイノジカンニアッテモ、ドウヨウトスル。フユノアラシガセマッテイルゾ。オマエノライトガツカナイナラバ、ヒカリアルウチニヒカリノナカヲアユメ。ムトウカバッキンゴマンエン。

二日前のことだ。夜半過ぎに電話のベルが鳴り響いた。このところずっと隆の眠りは浅かったからすぐに目が覚めた。心当たりはまるでなかった。悪戯電話か間違い電話に違いない。電話のベルは、暗闇の中で執拗に鳴った。留守番機能がない電話機なので相手が切るかこちらが受話器を上げるまでベルは止まない。三十分ほど鳴り続き、いったん切れてからまた鳴った。一度だけ弘がこんな夜中に、酔っ払って電車に乗り間違えたので今夜は帰ることができなくなったと電話を掛けてきたことがあった。けれど、もう弘はいないのだ。隆は、電話のコードを引きちぎって電話を黙らせた。

そして、昨日。またしても小泉八雲が隆の夢枕に立った。今度は台風予報ではなく、懺悔だった。ワタクシガコロシタノデス。アナタノダイジナヒトタチヲヨミノセカイニイザナッタノハワタクシデス。ミナサンアナタサマノオイデニナルノヲクビヲナガクシテマッテオラレマス。ハヤクイラシテクダサイ。

午後、隆は有給休暇を取って久しぶりに静岡の街中をぶらついた。老舗の百貨店で新しい下着を買った。小学校の社会科見学で初めて百貨店というものに入り、缶入りのドロップを買ったことを思い出した。まだ焼津市内に高層階の建築物が何もなかった頃の話だ。

ふたりは、十五分ほどかけて山道を登り、虚空蔵山中腹にある仁王門の前に立った。仁王門は、木造寄棟造り瓦葺きの八脚門で、左右後部に阿吽の仁王尊が祀られている。立て札を読めば、棟瓦に残る立葵は、田中城主本多家の家紋であるとのこと。

隆の子供の頃には、仁王の体の自分の体の病んでいる部分にめがけて、唾で湿して丸めた鼻紙を投げて、見事、仁王に張り付けば快癒するという言い伝えがあったが、どうやら今ではその種の迷信は途絶えたらしく、仁王像の体は、きれいだった。

門をくぐって山頂までの急な石段を登っていく。山頂には、昭和六十年に再建された香集寺本堂と鐘楼の他に船舶無線発信発祥の碑が建てられてある。彼女は、その碑を認めて、碑文を読んでから両手を合わせた。彼女の実の父親は、大型マグロ船の無線技師で帰航の途中立ち寄った南アフリカのある都市で不慮の死をとげたのだった。

天気の良い日には、北東の方角に富士山を望むことができたが、黄砂のために遠くの視界は全く利かなかった。山頂まで登ってきた人たちが入れ替わり立ち替わり鐘を突いていった。ダルマ市自体は、午後の九時頃まで店が出ていて賑やかなのだが、山道には照明がないので、暗くなれば登る者もなくなり鐘の音も止む。

ふたりは、黙って山を下った。

虚空蔵山の登り口から海に向かって、弘香幼稚園、弘徳院、那閉(なへ)神社と並んでいる。弘香幼稚園の園庭では植木市が立っていて人を集めていた。弘徳院は、さすがにダルマ市の中心だけあって参詣者で溢れ、炊きこめられた護摩の煙が狭い境内に満ちていた。本殿西側の軒下には、十日前の送りだるまの日に持ち込まれ翌日の供養を待つ大ダルマが二重三重に積み重ねられている。

隣の那閉神社は、鳥居が三つに境内社も三つある立派な神社だが、ダルマ市とは無関係で、訪れる人もなくひっそり閑としている。周囲を囲む玉垣には、代議士、土建屋、船主など昭和四十一年玉垣建立当時の市内の有力者の懐かしい名前が連なっている。

那閉神社の脇道を抜けて当目の浜に出た。どうどうと打ち寄せる波の音が恐ろしいほどだった。防波堤を降りて砂浜に出る。まるで台風の時のような波の荒さだった。隆には、この浜で子供時代に泳いだ記憶はなかった。今では何千というテトラポッドに囲まれて却って安全な遊泳地になっている。そのテトラポッドに大きな波がひっきりなしに当たっては砕け、白い飛沫を盛大に撒き散らしていた。

「どうしてこんなものが必要になったのかしら」

テトラポッドで守られた安全な遊泳地など彼女の人生には無縁だったのだろう。どれほど頑強に見える人造物もやがては自然の力で押し崩されてしまうに違いない。それでもないよりはましなのだろうか。

「君と別れたことがそもそもの間違いだったのかな」

波の音にかき消され、この隆の自問のつぶやきは彼女の耳には届かなかったかも知れない。

隆は、高校三年生の元旦に彼女から誘われてこの浜で初日の出を拝んでいる。まだ真っ暗なうちから大勢の善男善女が集まり、あちこちに築かれた焚き火の山に手をかざしていた。時々、音を立てて火の粉がはじけ真っ暗な闇に舞い上がった。受験勉強が忙しいことを理由に、もう三ヶ月も彼女とは連絡をとっていなかった。彼女は、損保会社への就職が決まったと隆に告げた。隆は、思ったように勉強がはかどらず、第一志望を変更しようかどうか悩んでいるのだと話した。隆は、初日の出に向かってただただ受験の合格だけを祈願した。彼女が果たして何を祈ったのか、聞きもしなかった。別れ際に、彼女は黙って受験のお守りを手渡してくれた。

明日、この浜で役割を終えたダルマ達が幼稚園児の見守る前で赤々と燃やされるのだ。

隆が高校三年生になって間もないある日、祖父が亡くなった。まだ七十歳前だった。しかし、厳しい農作業で見事に腰は曲がり、顔の皮膚はなめし皮のようで十歳はふけて見えた。四十九日に来てくれた父方の伯母さんが「実は」と言って、おせっかいにも、昔こんな噂話を聞いたことがあると隆に告げた。それは、隆には到底信じ難い話だった。隆の父親と裕子の母親がかつて付き合っていたというのだ。それを気に病んだ隆の母親が心中を仕掛けたのではないかというのだ。しかし、真相は誰にも分からない。そのことについて、隆は、祖母にも誰にも確かめるつもりはなかった。ただ、隆は、裕子と離れる決心をした。

彼女との付き合いをあのまま続けていたら、もしかしたらそこには別の人生があり、お互いにいくつかの哀しい別れを経験しないですんだかもしれなかった。しかし、現実には、隆の器からはもうすっかり水がこぼれ落ちていた。そんな仮定の話を考えても何の慰めにもならなかった。


「これから嵐が来るのかしら。それとも天気は良くなるのかしら」

そう言われて、このところ天気予報など気にもならなかったことに隆は、気がついた。

「死にたいんでしょ。いいわよ、一緒に死んでも」

子供の頃と同じだった。隆の考えていることなどいつだってお見通しなのだ。そして、いつも彼女は優しく包んでくれる。

隆が裕子の大きな瞳を見詰めると、裕子も隆の顔を正視した。

嵐は確実に近付いていた。風は裕子の長い髪を奔放にもてあそび、波はテトラポッドを超えて堤防近くにまで押し寄せてきた。

空は黄砂に煙ったまま、次第に色を失っていった。

メリー・クリスマス

太田高彦が二日前から降り続く雨の中、夜半過ぎに下宿に戻ると予告通り叔父の太田三郎から小包が届いていた。不在の場合には、隣に住んでいる大家が預かり、合い鍵を使って部屋の中に入れておいてくれる決まりだった。小包の中味は、旧式のハンディビデオカメラと手紙だった。手紙には、五日ほど前に電話で受けた内容がいかにも役所からの通知文といった文体で書かれてあった。いよいよ再来年には、合併で五十三年続いた町の名前が消えることになった。ついては、町の名前を後世に残すための記念事業をいくつか企画した。その一つとして町のこれまでの歩みを映像で綴ったＤＶＤを制作する事になった。町内の映像は、町内のビデオ愛好家にまかせることになったので、お前には、町出身の著名人で東京で活躍している二人にインタビューをしてもらいたい。一人は、民族学者で一星（ひとつぼし）大学教授の宮本常一博士。もう一人は、若手脚本家のＹＪ。（町出身の有名人は、後にも先にもこの二人だけなのだ。）二百万円の予算では、職員を出張させたり外部に委託する余裕はないので、お前に頼るしかない。二人には簡単な承諾は得ているが具体的なインタビューの場所や日時はまだ決めていないのでお前の方で手配してほしい。二人の住所と連絡先電話番号は、以下の如し。

たった二百万円でDVDなんか作れるのかよ。インタビューなんて生まれてこのかた一回もやったことなんかないのに。しかもアポまで俺に取れだって。メンド臭いな。と高彦は思ったが、父親の失踪以来何くれとなく母親と自分の面倒を見てくれた叔父の依頼を無下に断る訳にはいかなかった。叔父の太田三郎は、町役場の総務課長をやっていて、わずか二百万円で記念誌を作る事業が計画された時に、とてもその予算で本を作るのは無理だと主張したが、かといってやめるわけにもいかず、何とか素材映像さえ揃えば素人でも編集できるDVD制作に企画変更したのだった。現在の予定では、町長挨拶五分、議長挨拶五分、十人の町議の挨拶が各三分で計四十分、四季のイメージ映像が各五分、町民の声が一人十秒×百二十人で二十分、有名人インタビューが五分×二人、町歌斉唱五分、海に沈む夕日でエンド。計百五分。といったところらしい。

一人目の宮本一星大教授とのコンタクトは、小包を受け取った翌日には取れた。というのも、高彦自身が一星大学に籍を置いていたから。叔父がこの件を高彦に頼んだ理由の一つはそのあたりだろう。控えめにノックして研究室に入るとハリーポッターに出てくる暗黒街の骨董店のように薄気味の悪い文物……年代も地域も測りかねる土偶であったり頭蓋骨であったり化石であったりが所狭しと飾られていた。人の気配はなかったが、「教授。いらっしゃいますか、太田です」「左伊豆町の太田です」と声を掛けると衝立の奥のほうからウーと低いうめき声が聞こえてきた。

「太田君か？　こっちこっち」

と衝立の端からひらひらと掌が振られるのが見えた。

「うむ、悪いね。久しぶりに腰痛がぶり返してしまって。痛いの痛くないのって」

教授は、ぼさぼさの髪の毛を指先でしごいた。一風変わった整髪料の匂いがした。今まで嗅いだことのない柑橘系の匂いだった。悪い匂いではない。

「君のお父さんとはね」

いきなり教授が切り出した。

「ほんの子供のころからの友達だったんだよ。よく一緒に海で泳いだものさ。私と君のお父さんと三郎君とその妹、つまりは君のお母さんと。小さい町だからね。どこへ行くのも一緒だった。小学校最後の夏休みだった。猛烈な台風の後、近くの岩だらけの海岸線に外国籍の大きな貨物船が打ち上げられたことがあってね。それを見にみんなで出かけていったんだ。もちろん危険だから立入禁止の看板は立ててあったけれど、きっと誰かが結び付けたんだろう、舳先から海面までロープが一本垂らしてあって、悪がきどもは、我先にそれを伝って船に乗り込んだものさ。四人で身を寄せてこわごわドアを開けて回る。幽霊とか死体とか乱暴な中学生とか狂ったおばさんとか、当時僕らが知っていたあらゆる怖いものの影に怯えながら廊下を進んでいった。私たちが出かけて行ったのは、座礁から既に一週間は経っていたから、中に入り込んでも目ぼしいものは全て取り払われていて空っぽだったけどね」

それから一週間後。東京の街にその冬初めて霙（みぞれ）が降った日に、シナリオライターのＹＪに会った。実のところＹＪの書いたテレビドラマは一本も見たことがなかった。まだ三十代半ばのはずだがどっぷりと太り、薄毛を隠すために五分刈りにしていた。業界人らしくその短髪を金色に染めていて、冬だというのにいかにもレアモノらしいアロハシャツをまとっていた。

「そうねえ。君には悪いけどあんなチッポケな町、僕にはどうでもいいんだよね。いい思い出なんか一つもないし。君だって同じだろ。魚臭いしょぼくれた田舎町。なつかしく思う時があるとしたらもう死ぬ時だね。余命半年を宣告されて妻子に逃げられた男が二日酔いの頭で思い出す。青い空。青い海。白い雲。初恋の少女。陳腐だねえ。帰ったところで家族はおろか友人さえいない。まともな奴らはみんな都会に出てしまって後には老人と捨て猫しかいない。倦まずに一日中日向ぼっこをしている。なんで僕なんかに頼むかなあ」

それが癖なのか、気持ち悪い程にぼきぼきと音を立てて首を回した。

「ちょっと楽しかった思い出っていうと、高校生の時分によく駅前のパソコンショップに遊びに行ったことくらいかなあ」

驚いた。

「それってもしかしたらサガミヤのことですか」

高彦は聞いてみた。

「あの店、まだあるのかなあ」

「もうとっくにつぶれちゃいましたよ。ついでに言うと僕の父の店だったんですけど」

「えっ、すると君、タカヒコ君。こんなに小さかったのに。お父さん、元気かい」

「いいえ、残念ながら……。十年位前に店は借金でつぶれちゃったんです。その後、父は、東京に出稼ぎに行ったきり行方不明で……」

ＹＪは売れっ子らしく自宅とは別に都心のマンションの一室を仕事部屋にしていた。窓の外を眺めるとビルとビルの間のやや低いビルの上から東京タワーの先端だけが覗いて見えた。壁面に百三インチの大型液晶モニターが掛けてあって、無音のままニューヨークの街路の風景が流れている。コーヒーのいい匂いが漂ってきた。

「飲むかい？」

その外見や物言いとは違って、もしかしたらＹＪはなかなかの好人物かもしれない。

「実はね、つい先日ドラマの取材で上野公園に行ったんだ。『ホームレス刑事（デカ）』という連続ドラマなんだけど。その上野公園で君のお父さんに似た人物を見つけたんだ。声をかけると口の前で手を振ったきり足早にどこかに行ってしまった。こんな好都合な偶然はドラマの中だけだな、と自分で笑ったよ。高校生の頃、僕は君のお父さんと組んでゲームソフトを作っていたんだ。今のオンラインゲームとは比べ物にならないけれど、パソコン通信を利用して世界中の見知らぬ相手と対戦することができたんだ。大抵は、君のお父さんがどこからか外国製のオリジナルを仕込んできて、僕が国内向けに仕立て直したんだけどね。結構売れたなあ。いい小遣い稼ぎになったよ。結局、もっと売れるものをってことでアダルト物に手をつけて警察に睨まれちゃって、これがケチのつき始め。起死回生を狙ったのが、中小企業向けの会計ソフト海賊版の通信販売。伊豆中の中小小売業者にダイレクトメールを出して結構な数の注文が取れたんだ。途中でなぜか怖い人達が絡んできてやめざるを得なくなってしまった。なつかしいなあ。今、その頃のことを思い出して『プログラマーズ般若心経』っていう冒険小説を書き下ろしているんだ。来春には出版の見込みだから、出来上がったら君にも一冊贈るよ」

「ホームレス刑事ってどんな内容なんですか」

愛想代わりに聞いてみた。正月スタートの連続ドラマだった。

「筒井筒安高原作の『超富豪刑事』ってのがちょっと前に流行っただろ。フカピョン主演の。それへのアンチテーゼさ。あるいは、熱海重蔵監督作品『湯たんぽぽ』へのオマージュと解釈してもらっても構わない。まっ、オマージュってのは、この業界ではパクリってことだけど。先物取引に失敗し、女房子供に逃げられ、家を失った刑事が上野公園に住みついて捜査を続ける。ライバルにパソコンを駆使するハッカー刑事がいる。しかし、主人公は、ホームレスたちの情報網を巧みに使って事件を解決していく。最後には、偽の情報を流して自分を自己破産に追い込んだ組織を壊滅させる。地道な捜査を陰で見守る妻と子供。和解して家族の絆を取り戻す。涙、涙の大円団だ。なあ！　いい話だろ。ヒット間違いなしだよ」

いつのまにか高彦は、ＹＪの口車に乗せられて彼の仕事を手伝うことになっていた。けれど、それは高彦自身のためでもあった。高彦の母親は、左伊豆町で福祉関係の仕事に就いていたが、高彦に仕送りできるほどの給料はもらっていないし、合併後には失職する恐れさえあった。休日には遠戚の仕出屋の手伝いまでしている。町の財政は逼迫していて、奨学金制度がなくなって久しい。授業料は減免されているが、下宿代と生活費を自力で稼がなくてはならない。週に土日を含めて四日、居酒屋でアルバイトをしていた。深夜、下宿に戻ってから教科書に目を通すのは、二時間が限界だ。今のままでは、アルバイトをするために進学したようなものだ。高級車で通学してくる同級生を見てもうらやましさは感じなかったが、なんとかもう少し勉強できる時間がほしかった。だから、ＹＪの申し出が救いの手のように思えたのだ。ＹＪの申し出とは、暇な時間に父親探しをして、その経過を逐一報告してほしい、居酒屋のアルバイト代と同額を支払う、というものだった。インスパイアされる予感がするとのことだった。高彦は、とりあえず休日のバイトをやめて父親探しを始めた。

一人につき三十分程だらだらと撮影したままのテープをビデオごと叔父の所へ送り返した。高彦の父親は、高彦が小六の時に出奔して、以来八年間音信不通だから、父親に関する情報を高彦は一切持っていなかった。顔さえ既におぼろげだった。ＹＪが上野公園で見かけたというが、本当かどうか怪しいものだ。ＹＪの申し出に飛びついたもののどこから手をつけていいのか、困惑が先に立った。ビデオを送り返した旨の電話報告のついでに、叔父に何か手がかりはないかと聞いてみたが、叔父のところにも失踪以来連絡はなかった。出稼ぎに出た最初の年に送られてきた葉書が残っているというので差出人住所を読み上げてもらった。東京都江東区○○　あひる荘一〇五号室。近くの山中電気工事に元気で勤めている。正月には帰るつもりでいる、と書かれていた。百均で買い求めたシステム手帳に住所をメモして、次の土曜日の午後に出かけてみることにした。インターネットで検索できた範囲では、既に江東区には、あひる荘も山中電気工事も見当たらなかった。

駅を出るとすぐにごみごみしたしもた屋が続いた。今にも降り出しそうな曇り空のせいか東京都内であることが信じられないほど薄暗い町並みだった。五分ほど路地を歩くと旋盤のうなりが聞こえ錆び付いた鉄の臭いが漂ってきた。あひる荘の跡地は空き地のままで放置されていた。近所の人間に聞こうにもどこも玄関に錠がかかっていた。十軒ほど呼び出しベルを押して回ったが何の反応もない。町に人の気配がなかった。歩いている人間もいなかった。宇宙人が襲来して住民全員が神隠しにあったのだろうか。つまらない妄想を膨らませ始めたところで山中電気工事の住所地に着いた。マンションを建築中だった。休日のため出入り口は閉ざされてあった。とりあえず建築会社の名前と連絡先電話番号をメモした。ぽつりぽつりと雨が降り出してきた。案の定、何の収穫もなかった。暗い気持ちになった。山中電気工事は倒産して土地を売ってしまったのだろうか。ＲＰＧゲームならば何か次に進む手がかりが必ず残されているはずなのだが。現実は、二軒ほど玄関の開く家を見つけ声をかけてみたが、住人は顔を出すでもなく、「誰もいないよ」「うるさい」と怒鳴るのみだった。いいアルバイトだと思って始めた父親探しだったが、早くも壁に突き当たった気分になった。ここの人たちは生きるのに精一杯で他人への関心など露ほどもないに違いない。しかも八年も前にほんの一時期存在した一人の男のことなど誰が覚えていようか。駅に戻る足取りは重かった。何か手がかりが見つかればその足でＹＪの仕事場に向かい報告するつもりだったが、その気にはなれなかった。

大学図書館で学生用端末からＹＪの過去の作品を調べてみることにした。少しでもＹＪの気を引くことが出来たらと考えたのだ。大学の図書館は全体を蔦に覆われた古い建物だったが、内部は驚くほどハイテク化されていた。玄関を入ると右手にロビー、左手にトイレ、中央に入場ゲートがあって、大学関係者以外入場できない仕組みになっている。

ゲートは鉄道の自動改札機と同じ仕組みで非接触型ＩＣカードをかざすことで入退場を記録していた。また、この時に体重を計測し、退場時に百グラム以上増加している場合には司書から誰何（すいか）される仕組みだった。内部にトイレがないのも排便により体重を減らしてその分の本を持ち出させないための工夫だった。だから、万が一読書中に便意を催した場合は、いったん全ての荷物をもって退場する必要があった。だから、学生は何はともあれ入場前にトイレに寄ることが習慣になっていた。入って手前右手の部屋が検索室だ。ネットカフェのようにブースに区切られてインターネットに接続できるパソコンが二十台設置してある。空いている時はナンバー３のブースが高彦の常席だった。まず、インターネットでＹＪの名前だけをキーに検索する。どうやら公式サイトも公式ブログも持っていないようだった。しかし、かなり充実した私的ファンサイトを見つけることが出来た。きちんと発表年代順に著作名と番組名が整理されていた。さすがにヒットメーカーと言われているだけあって、テレビを持っていない高彦でも名前だけは知っている番組がずらりと並んでいた。中ゆび姫、新宿西口公園物語、ロボットボーイ、大江戸キャッツアンドドッグ、ぼくの魔法壜、万発端・ラブストーリー、ジャイアン＆ドラコ、のびたのメガネ、我輩は監督である、淀川でクロール、などなど。次に蔵書データベースを検索したところ、「ＹＪ

全仕事」という本が既にあることが分かった。

気が進まなかったがYJの仕事場を訪ねた。YJは、父親探しの進捗状況にはそれほどこだわってはいないようだった。コーヒーを飲みながら、「プログラマーズ般若心経」の構想を話してくれた。

「暴力団は今じゃあらゆることをシノギの種にしているけれど、主なシノギは昔からの競馬や競輪のノミ行為と薬物の販売だ。だが、取引の方法は、インターネットや携帯の普及で驚くほど近代化されてきているんだ。このシステム化は、表のベンダーに依頼する訳にはいかないいから自前でやるしかない。借金苦のSEを見つけてきてしばらくやらせてみる。駄目だと分かると密かに葬られちゃうから必死に働く。大きな暴力組織は必ず優れたシステム部門を持っている。この、組織のシステム部門で働かざるを得なくなった一人の人間の悲哀と覚悟と冒険の物語。彼はやがて組織を裏切り、組織の金をしこたま持って逃げ回る。その末に見た天国と地獄。全てを記録したデータを警視庁宛に送信するボタンを押すと同時に彼の後頭部に拳銃の鉛球がめり込んでいった」

「あのお、どこらへんが般若心経なんでしょうか?」

「まっ、もっともな質問やけどそれはまだ秘密や」

たぶん、まだ何も考えていないんだと思う。インチキな関西弁が出る時は大抵そうだ。最近では、高彦もかなりＹＪに慣れてきて勝手に冷蔵庫を開けてコーラを飲んだ。容量五百リットルを越える大型の冷蔵庫が二つもあって、その片方にはダイエットコーラのペットボトルがびっしりと詰まっていた。冷え切っていて喉に突き刺さるほどに辛かった。ＹＪの部屋に来てしばらくのんびりしていると煎餅布団を敷いたままのわびしい自分の下宿に帰る気がしだいに失せてくるのだった。

「君、宮本教授にもインタビューしたって言ったよね。前に、二年ほど前に一度だけ取材で僕も彼の研究室に行ったことがあるよ。なんていうか、一種不気味なオーラの人だよね。実は、その時に君の親父さんの話もちょっと出てね。彼は居場所を知っているような口振りだったよ。どんな内容だったかは、すっかり忘れてしまったんだけど。だから、彼に一度じっくり話を聞いてみたほうがいいかもね」

普段は近所のコインシャワーで二日に一回体を洗っていたが、ＹＪの所へ来た日はゆっくりとシャワーを浴びることが出来た。髪が乾くのを待って下宿に戻った。

身分証明書とプリペイドカードを兼ねたＩＣカードを教室の入り口に設けられた機械にかざすとそれが講座への出席確認になった。従って、カードを他人に預ければいいともたやすく代返はできたが、このカードが手元にないと学内ではほとんど一切何もできなかった。学内に入る時、出る時、出欠の確認、各種申請、図書館の入退室、学食でのチケット購入……、全てにカードが必要であるしカードでしか用が足せなかった。顔パスも現金も一歩大学構内に足を踏み入れると無力だった。午前中の講義を聞いた後、宮本教授の研究室に向かった。ドアが開けっ放しでICカード確認装置の赤色LEDが点滅していた。

「こんにちは、教授。太田です。勝手に入りますよ」

研究室の中はあいかわらず雑然としていた。返事はなかったが葉巻の匂いが奥のほうから漂ってきていた。研究室は全室禁煙ではなかったのか。何か違和感を感じて天井を見上げると、火災感知装置がダンボールで無骨に囲まれていた。衝立の向こう側に、以前にもましてむさ苦しい教授の顔があった。

「教授、ドアが開いてますけど」

「カードが見当たらなくてね。再発行の手続きに二、三時間かかるらしいんだ。まったく不便な世の中になったものだ、自分の部屋にさえ自由に入れないなんて。おまけに学食で飯も食べられない」

一つだけコイン使えるパンの自動販売機があるのだけど教えるのはやめた。この間の取材のお礼をあらためて言い、それ以降の話をした。ＹＪの依頼でバイト代わりに父親探しをしているが、手がかりが少なくて思うように進まないと話した。

「ＹＪの話では、先生が何か知っているんじゃないかと言うのですが」

「ふうん。まったく知らないということはないけれど手掛かりというほどのものかな」

首を傾げて見せた。が、しばらくして何か思いついたらしく顎を上げた。

「太田君、君ねえ、交換条件というわけではないのだけれど頼みたいことがあるんだ」

不気味なほどやわらかい声音に変わっていたがズバリ交換条件だった。父親の手掛かりについて話す代わりに図書館からある本を持ち出してほしいというのだ。

「先生、あの図書館から黙って本を持ち出すのは不可能です。できてもせいぜい文庫本一冊までです。無茶言わないでください」

「なあに、簡単だよ。同じ重さの本をこっそり持ち込んで取り替えてくればいいんだ」

「本についている持ち出し防止タグはどうしたらいいんですか？」

「大丈夫。このシールドを上から貼るだけ」

「そんなに簡単なら先生が御自分でやられたらいいじゃないですか」

教授の打ち明け話によると、あることで教授自身は図書館の管理システムのブラックリストに載っていて、入館すると監視カメラが自動追尾し警備室に筒抜けになってしまうのだという。

「えっ、監視カメラまでついてるんですか」

「十台以上ついてます。しかし、設置場所は確認済みです。位置を頭の中に叩き込んであやしい動きさえしなければ全然大丈夫です。カメラの死角もわかっていますから」

ブラックリストの件は、実に怪しい気がした。発見される可能性がかなり高いのではないのだろうか。たぶん、断る気持ちが如実に顔色に出たのであろう。

「いやならいいいんだよ。私が頼めば二つ返事でやりますっていう学生はいくらでもいるんだから」

と冷たく言い放つ。

「仕方ありませんね。やります。でも失敗したらどうなっちゃいます？」

「君がなんと言おうと私は、依頼したことを完全に否定するから。つまり失敗は絶対に許されない」

目的の書籍は、Ｂ４変形版の豪華本で重さが約三キログラムもある大物であること。従って、コートの下に隠し持って出る必要があるので、実行は冬のこの時季を除いてはないこと。盗難にあったことにすぐには気付かれないように同じ大きさ同じ重さの本を用意していること、が明かされた。けれど、なぜその本を図書館で読むのではなくて盗んでまでして手元に置きたいのかまでは話してくれなかった。しかし、誰かに頼むことを前提にした周到な計画が既に練られていて、二回ほど実行者が下見と予行を済ませた後、二週間後に実行することがその場で決められた。

この話を相談するためにＹＪの仕事部屋を訪ねた。いつもと違って険しい顔付きで叩きつけるようにパソコンのキーボードを打っていた。一心不乱で、キーボードを見ていないどころか画面さえ目にしていないのではと思われた。声をかけられずしばらくその姿を見ていて、彼が変換キーを打っていないことに気付いた。ひらがなのベタうちで打っているのだ。冷蔵庫から勝手にコーラを取り出して飲み、壁面に大写しされているＮＹの街頭風景をぼんやり見ていた。クリスマスのイルミネーションが光り輝く夜景だった。カタカタカタと鉄橋を渡る電車のように途切れることなくリズミカルにキーが打たれていた。たぶん何か憑き物がとりついているに違いない。一時間ほど待った。五百ミリリットルのコーラのボトルを三本空にした。タイプを打つ音が止んでほおっと大きなため息がＹＪの口から漏れた。

「ごめん、ごめん。誰か入って来ていたのは分かったんだが、一度打ち始めると自分でも止めることが出来ないんだよ」

本題に入る前に気がついたことを聞いてみた。

「変換キーを押してなかったみたいですけど」

「変換は事務所の女の子に任せているから。一時間おきに女の子がサーバーを覗いて変換と校正をしておいてくれるのさ」

どうやらいちいち変換キーを押して、それから変換する漢字を選択してということでは思考の流れが途切れてしまうということらしい。ほとんど口述筆記の世界である。教授からの半ば脅迫めいた申し出についてＹＪに計画の細部まで話したが、それどころではないのか、特別な反応はなかった。いつものようにシャワーを借りて帰った。

暖房のない寒い部屋で布団に包まっていると急に不安な気持ちに襲われた。無事大学を卒業できるのだろうか。就職できるのだろうか。年老いた母を養っていけるだろうか。誰かとめぐりあい平凡な家庭を築くことができるだろうか。父親の存在は、高彦にとって既に過去のもので今さら見つかろうと見つかるまいと構わなかった。

翌朝、高彦は目覚める直前に妙にリアルな夢を見た。海岸沿いの明るい光に満ちた道を一人の男が歩いている。背中がしだいに遠ざかっていく。野球のユニフォームを着ているのか、背中に4の文字が読み取れる。こちらを振り向くことなく静かに光の中へ消えていった。思い出した。この海岸沿いの道を幼い頃、何度も何度も父と母に両手を握られて歩いたものだった。父親の出場した草野球の試合の帰り道だったろうか。その時の温かい両手の感触がまざまざと思い出された。父さん、今どこにいるんだい。どうして、僕と母さんを置いていなくなってしまったんだい。高彦は、心の中で大きな声を上げた。

ここしばらく大学の授業は上の空でただ単に出席しているだけの状態が続いていた。唯一の友人とも言える久保とも話をしていなかった。休日に時々ふらっと互いの下宿を訪ねあって酒を飲んで他愛のない話をする仲だった。お互いにアルバイトに忙しく、携帯電話も持っていないので訪ねても空振りに終わることが多かった。この一週間ほどキャンパスでも顔を見なかったので、授業が終わった後、アルバイトが始まる前に久保の下宿を訪ねることにした。彼の部屋は高彦の部屋以上に荷物と呼べるほどのものは何もなく、ドアは無施錠だった。不在の場合には勝手に上がりこんで一人で飲んで待つことが多かったが、今日はまだこれから居酒屋のアルバイトがあったので、文庫本を読んでしばらく待つことにした。文庫本の中で主人公が刑務所を出てから復讐の相手の居所を見つける頁まで一気に読んだところでドアの開く音が聞こえた。見たことのない顔だった。相手も「おや？」という表情を一瞬したが何も言わず反対側の壁に背をもたせて座った。自分と同じように久保の友人だろうと思ってしばらく黙っていたが、やはり気になって関係を尋ねてみた。すると、久保は既にこの下宿を退去していて、郷里に帰って出直すと話していたとのこと。男は同じアパートの住人だが、久保が出ていったのでより日当たりのいい久保の部屋に引っ越してきたのだと言う。久保の郷里ってどこだったっけ。自分の郷里については、伊豆半島の辺鄙な漁村と話した記憶はあるが、彼の郷里については聞いた記憶がなかった。男にわびて部屋を出た。男は某私大の冒険部に属していて、「俺も鍵はかけない主義だから、これまでどおり遊びに来てくれて構わないよ」と言った。

まだ十二月の初旬だというのにクリスマスの音楽が呪文のように街に渦巻いていた。郷里にいた時にも無縁だったが、上京していっそうクリスマスとは無縁になった。十二月の金曜日とあって居酒屋は注文の声が聞き取れないほど賑わった。午前二時過ぎに下宿にたどり着いたが、既に教科書を開く気力は残っていなかった。倒れこむように布団の中にもぐりこみ、何かに引きずりこまれるように眠りに落ちていった。

土曜日。午前中は、翌週のゼミの予習のために「現代経済におけるクロポトキンの呪縛」を読んだ。その後、朝食と昼食を兼ねてスギやで豚丼を食べ、上野公園に向かった。広さ五十三万平方メートルのこの公園に住まうホームレスが無慮何百人いるのか。このなかに自分の父親がいるかも知れないのだ。一軒一軒ブルーシートをめくって声をかけるほど積極的な気持ちで来たわけではなかった。遠巻きに眺めて似た人間が見つかれば近付いてみようか、その程度の覚悟だった。しかし、今日来てみれば、以前あれほど密集していた小屋がひとつもなかった。公園内に散在する博物館に高貴な方々がお見えになられる時には、いったん撤去させる慣わしになっているとは以前ＹＪに聞いたことがあるが。それとも、この冬の寒さに音をあげてどこかしっかりした屋根のあるところに大移動したのであろうか。ゲルマン民族の大移動により西ローマ帝国は滅亡してしまったらしいが、この大移動は何が原因で何をもたらすものだろうか。もうこの公園では炊き出しもやっていないのだろうか。公園管理事務所で何か話が聞けないだろうかと考え、歩き出したところで携帯電話の呼び出し音が鳴った。高彦自身には携帯電話を持つ経済的余裕はない。ＹＪが持たせてくれた携帯だ。つまり、掛けてくるのはＹＪ以外にはいない。あわてて通話ボタンを押した。

「ターキー、ターキー。こちらヤングジャンプ、どうぞ」

間違い電話か？　いや、聞き慣れたＹＪの声だ。

「どうかしたんですか、ターキーとかなんとかジャンプとかって」

「言っといただろ、携帯電話は常に盗聴の危険にさらされているって。彼らは、もうそこにはいないだろう？」

「ええ、一人もいません。きれいなもんです」

「秋葉原に行くんだ。とりあえず駅についたら電話をくれ」

探偵ごっこか何かのつもりだろうか。とりあえず山の手線に乗った。上京してから二度目の秋葉原だった。一度目は、パソコンがないことには学生生活が送れないことが分かって、入学してすぐにそこで中古のノートパソコンを買った。それ以来、このオタクの聖地に足を踏み入れたことはなかった。電気街口から改札を出たところでＹＪに電話を入れた。電気街の東南方向にあるアポー電子の地下二階のトイレに入り、掃除用具入れのドアを開け中に入っていけという指示だった。東京の地下には、主として前の大戦中に掘られた地下道が毛細血管のように張り巡らされているというが、その支脈の一つだろうか。

地下道の入り口の扉に引っ掛けてあった懐中電灯を拝借した。そのか細い光を頼りに人一人がようやく通れる道筋をびくびくと怯えながら辿って行った。時折り、かさこそと小動物が走り去る音が聞こえ、冷たい水のしずくを額に感じて足を止めた。手の甲が壁に触れるとそれは滑らかではなくいかにも人が鑿（のみ）で切り欠いた感触だった。しばらく歩くともう少し大きな横道に出た。右に曲がり道なりに三百歩歩けという指示だった。携帯電話は繋がらないので指示は頭に刻み込んでいた。右にカーブした道の先にぼんやりと明かりが見えた。近づくにつれて人のざわめきが聞こえてきた。本当だった。上野公園を追い出された人々が地下に避難していたのだ。

「ヤマチョーさん、いますか？　ヤマチョーさん」

ヤマチョーが何を略した符丁なのか皆目見当もつかなかったが、リーダーらしい「ヤマチョー」という人物を探すために、恐る恐る声を掛けながら先に進んでいった。

「ヤマチョーは俺だが、何の用だね」

声を掛けてきた人物は、痩せてはいたが背の高い筋肉質の男だった。薄暗く、無精ひげを生やしているせいもあって年齢は分からなかった。高彦は、古い父親の写真を差し出して、探していることを伝えた。ヤマチョーはランタンの光の方向に写真をかざして見た。

「随分若く見えるが、義男さんだな」

久し振りに聞く父親の名前だった。

「座って話そうか。椅子なんてないけど」

二人で地下道の壁に寄りかかって、ぼそぼそと話を始めた。話を聞くうちに、どうやら彼がＹＪの新作「ホームレス刑事（デカ）」のモデルらしいことが分かった。しかし、既に刑事はやめて今やただのホームレスというかホームレスのまとめ役のようなものになっているらしい。父親とは、現職だった時に捜査の過程で知り合ったという。

「当時、暴力団のシノギの一つにテレカやパチンコのプリペイドカードの偽造があってな、君の親父さんが関わってたんだ。技術的な面は全て取り仕切っていたと言っても過言じゃないな。まあ、やりすぎたんだな。何十億荒稼ぎしたことか。もっとも君の親父さんはハシタ金しかもらってなかったと思うがね。内偵を続けていよいよ密造工場、と言ってもマンションの一室だが、現場を押さえるところまでいったんだ。ところがもぬけの殻。絶対に内通者がいたに違いない。空振りさ。くそっ。今思い返してもいまいましい」

そこまで話して煙草に手を伸ばすような仕草をした。

「君、煙草、持ってないか」

「煙草は吸いません」

「そうか。でも今のは随分昔の話だ。実は、その後、君の親父さんとは仲良くなったんだ。カードの偽造が下火になって、次に君の親父さんは、携帯電話のＷｅｂモードを利用した覚せい剤販売のシステム化に取り組んだ。そして、出来上がったのがいわゆるダイ・モードだ。しかし、君の親父さんはあまりにも完璧なシステムを作り上げてしまったんだ。つまり、出来上がった瞬間に君の親父さんの力は必要なくなり、『知りすぎた男』になってしまった。身の危険を感じ始めた親父さんが俺に相談してきたってわけだ」

辺りを見回してから話を続けた。

「だから、逮捕してやったんだよ。君の親父さんは無事だよ。ムショで生きているよ。覚せい剤取締法違反、懲役十年。組織に狙われないように別の名前を名乗らせたからね。今、どこにいるのやら」

生きていた。生きていたのか。生きていることだけ聞ければ十分だと高彦は思った。

クリスマスを一週間後に控えた金曜日。決行の日だった。高彦は、教授から借りたコートの前をきっちりと合わせ、歩くのにぎこちなくならないように例の木は背中にきっちりとくくり付けた。まずは、心を落ち着かせるためにいつもどおりトイレに入った。緊張のせいか寒さのせいか顔がこわばっていた。ロッカーにリュックサックを預け、ＩＣカードをかざしてゲートを通り抜ける。右手の貸し出しコーナーに自動貸出機で手続き中の学生が一人いた。ここを写す監視カメラが一台。まずは、いつも通りインターネットブースの指定席についてニュースを読んで三十分ほど時間をつぶす。この部屋にはカメラが二台。時計を確かめた。十四時二十分。十五時頃から学生が増える可能性があるので、そろそろ始めなくてはならない。室温は省エネのため十八℃。普段なら薄寒く感じるはずだが、少しも寒さを感じなかった。書架の立ち並ぶ部屋に移った。カメラの位置とその死角は、二回の下見で確認済みだ。A91国際法関係の書架の下でコートの下から例の本を抜き取った。あとはこの本を本物と入れ替えるだけだ。G13考古学の棚に向かった。ここはカメラの監視範囲だった。視野に異物が入ると監視しているぞとばかりにカメラのLEDが赤く光る。まず本物の隣に手に持っている一冊を返すふりをしてねじこんだ。前回下見で来た時に一冊分隣の書架に移して無理なく納められるような隙間を作っておいた。いったん閲覧用のスペースに戻り手近な雑誌を手に取り三十分ほど時間をつぶす。コートを脱いで隣の椅子に掛けた。目をつぶってヤマチョーの言葉を思い出した。生きていた。どこかで生きている。けれど、なぜ家族から逃げたのだろう。なぜ。

席を立とうとした時に突然後ろから声を掛けられた。驚いて振り向くと矢田京子が立っていた。やせぎすの目の大きな娘だ。少し驚きすぎたのかもしれない。彼女の顔にとまど

い の表情が浮かんでいた。

「なっ、なんだい」

「最近あんまり顔見てないなあって思って」

「ちょっとバイトに忙しくってね」

いつからこちらを見ていたのだろうか。何事か気付かれてしまっただろうか。若草色のカーディガンとチェックのミニスカート。育ちの良さが分かる柔らかい声だった。つきあってみたいと思ったこともあったが、いつのまにか諦めていた。貧しく才能もなく、将来の夢さえおぼろげな今の自分に他人と人間的な関係が保てるはずがない。頑なにそう思い込んでいた。

「クリスマスは暇?」

思いがけない言葉が彼女の薄い唇から漏れた。

「バイトが入ってる」

「一日中?」

「いや、夜だけ」

「じゃあ、昼間少しつきあってよ」

「えっ」

「私じゃ、ダメ?」

高彦は、水滴を振り払う犬のように首を大きく振った。待ち合わせの場所と時間を決めて別れた。胸の動悸がしばらく治まらなかった。まだ、すべき仕事は残っているのに。気を落ち着けるために、もう一度雑誌に目を通そうとしたが活字の意味が全く頭に入ってこなかった。もう時間がない。これ以上実行を延ばすと人の目が増えてしまう。

コートを脱いだままの格好で再び考古学の棚の前に立った。そして、ほんの少し震える手で取り返すべき本を引き抜き、両手で抱え持って先ほどの席に戻った。下見の段階で本物もダミーも全く同じ本であることに気が付いていた。「なぜ同じ本を入れ替える必要があるのですか?」と教授に理由を尋ねたが、「君は知らないほうがいい」と言うばかりだった。後は、逆の手順でA91の棚の死角でコートの下に隠して持ち出すだけだ。

無事仕事を終えて、ほっとしながら図書館を出てきた高彦のもとに、キャンパスには似つかわしくない黒い背広姿の男達が近づいてきた。

「太田さんだね。ちょっと話を聞かせてもらえるかね」

「なっ、何の用ですか」

職務質問を拒否できるのかどうか、法学入門の授業を思い出そうとしたが無駄だった。たいがい寝ていたのだ。

「そんなに構える必要はないよ。君からは本当に話を聞くだけだから。宮本教授が逮捕されたんだ。その容疑を固めるためにね。君が今背中に大事に背負っている本を見せてもらう必要があるんだ」

それから高彦は、所轄のA警察署へ連れて行かれ、事情聴取を受けた。その最中に刑事が少しずつ漏らした話は、地下道の奥で「ヤマチョー」から聞かされた話とは少しばかり違っていた。宮本教授は禁止薬物の密売組織の黒幕であり、高彦の父親と組んで高彦の父親が築いた携帯電話とGPSとプリペイドカードを利用した安全な受け渡しシステムにより荒稼ぎしてきたが、最近、新宿を拠点とする外国人マフィアとの間に抗争が生じ始めていた。そして、万が一正体がばれて監禁されるような事態に備えて全てのノウハウを記録したICチップを大学図書館の貸出禁止図書の背表紙に埋めて隠していたのだ。しかし、年明けに大規模な図書の入れ替えが予定されていたので、あわてて回収する必要があったのだ。という、にわかには信じ難い話だった。

その翌日、バイトから帰る途中寄ったコンビニエンスストアに置かれた写真週刊誌の表紙を見て驚いた。なんとＹＪと有名女優との密会がスクープされていたのだ。かつて、ＹＪは、「どうして名前のある立派な出版社がこんなゲスな雑誌を出すのかなあ」と何かの折に嘆いていたが、今回は自身がその餌食になってしまったわけだ。しかし、高彦は、その記事がでっちあげであることを知っていた。ＹＪには女性を愛する趣味などないのだから。おそらく最近人気がなくなってきた女優側が出版社と組んで仕掛けたのだろう。

いずれにしろ、教授の逮捕とＹＪのスキャンダルで二人のインタビューをＤＶＤに収める企画は、没になってしまった。

決行の日から一週間ほどして、収監中の教授から高彦に宛てて一通の手紙が届いた。冒頭に「メリークリスマス」と石に刻むような強い筆圧で書かれていた。

「高彦よ。わが息子よ。突然こんな告白をされて、呆然とするお前の顔が目に浮かぶが、お前の本当の父親は私なのだ。俄かには信じ難かろうが、これは本当の話だ。お前にもお母さんにもこれまで苦労をかけてきたことを本当にすまなく思う。お前の父親が家出したのもこのことが原因のひとつだったと思う。私は、これから罪を償わなくてはならない。お前たちを助けてやることは、これからもできない。だから、お前がお母さんをしっかり守って生きてくれ。お前のお母さんを愛したことは事実だ。止むを得ない事情で別れたことも事実だ。あの少年の日、難破船に乗り込んだ時に、誰か先に入った子供の一人が書きつけた私の名前とお前の母親の名前の相合傘の落書きを見つけた。その時、私は幼心に彼女を永遠に愛することを自分に誓ったのだ。しかし、その決心は、残念ながら最後まで貫くことができなかった」

窓の外を雪が舞っていた。京子と十一時に会う約束をしていた。そろそろ出かけなくてはならない。

「これ以上のことは、この手紙には書けない。高彦よ、私を信じよ。汝の父を。いつか真実を話すことができる日も来るだろう。その日が来るまで自分自身を大切に強く生きていってくれ。そして、お母さんを大切にしてほしい」

教授から借りて返せなくなったコートに高彦は、袖を通した。着古して毛羽立ったコートから微かに葉巻の匂いが立ち昇った。父親が誰であろうと、僕は僕だ。高彦は今、はっきりとそう感じた。

大学の森

もうすぐ二十一歳だ。この広大な学園都市に一人やってきてから早くも七度目の春だ。海が遠くに眺められる敷地内の丘陵を散策しながら、鷲頭高彦は思いに耽っていた。遺伝子操作で巨大化したジュラ紀さながらのシダ植物の茂みを抜けながら遠い昔のことのようにに初めて流体力学に目覚めた時のことを思い出していた。高彦は、その天分を認められ十四歳で飛び級により大学生となり、二年後には時間の流れに関する博士論文を書き上げていた。二十一歳の現在、准教授として思いのほか静かな研究生活を送っていた。その時々で時の人になりかけたことは何度もあったが、一切の取材を拒否して象牙の塔にこもっていた。既にこの大学の伝説の一つだった。ここにやって来た当初は、その若さから周囲に違和感を与えていたが、二十一歳になろうとしている今は、一般の学生の中に混じって見分けが付かなかった。今はまだ誰も彼に注目する人間はいなかった。

七歳の初夏だった。心地よい風が野面を吹き渡っていた。収穫目前の麦の穂がさわさわとざわめき、遠くでヨシキリのさえずりがかすかに聞こえる。村の中央を縫うように一本の小川が流れていた。遠く南アルプスの雪解け水が起源の澄みきった水が一年中途切れることなく流れ、フナ、ドジョウ、ザリガニ、タガメなど様々な水棲生物を生かしていた。飛び石を伝って小川を渡るのがスリルでもあり家に帰る早道でもあった。竜太と陽子と三人でいつものように道草をはみながらゆっくりと家路を辿っていた。いつものように「いちっ、にっ、さん」と掛け声を掛けて飛び石に飛び乗った瞬間に足を滑らせ、頭から小川に落ちた。どれくらいか、おそらくはほんの数秒間、意識が遠のき、気が付いたときには上から竜太と洋子が心配そうな顔で覗き込んでいた。小川の水が頭で分かれ、しゃわしゃわと泡を立てながら足元に流れすぎていく。不思議なことに水が流れているとは感じず、おびただしい数字の列が流れているように感じられたのだ。

その日の経験からほどなく高彦は、村の図書館で流体力学の本を見つけて、一気に物理学に対する視野を広げたのだった。

二〇一四年四月、マグニチュード8の直下型の大地震が関東地方南部を襲った。この地震で高彦は、両親を失った。高彦の入学式に出席した帰り道での出来事だった。入学式が一日でもずれていたら。いや、そもそもこんな大学に入学さえしなかったらと今でも思い出すたびに胸が痛んだ。
今、彼は、傍目にはのんびりと大学の森を散策している間にも着々と金持ちになってい
た。はじめ百万円程度の資金で始めた外国為替証拠金取引の運用資金がわずか三ヶ月で
八億三千万円にまで膨らんでいた。世界中の情報をインターネットで収集し、彼の発見し
た流体歴史理論の複雑きわまりない数式にあてはめると、ある特定の分野においては五分
後の世界をほぼ正確に予測できるのだ。この研究の証明として、経済分野の外国為替に特
定して予測と自動売買を仕掛けて、昼夜の別なく運用したところ巨額の富が彼の懐に流れ
込んできたのだった。このままでは、いずれ国税当局の知るところとなり、やがてマスコ
ミにも嗅ぎ付けられてしまうので、なんとか架空化してしまう必要があった。このところ
散歩のたびにその方法、つまりは新手のマネーロンダリングについて頭を巡らしているの
だった。
ジュラ紀の森を抜けると湖とまがうほどの巨大な調整池が広がっていた。ここには首長
竜が放されているという噂があったがまだ見かけたことはなかった。渡り鳥の繁殖地のひ
とつになっていて冬季には様々な種類の水鳥が集まっていた。高彦は鳥には興味がなかっ
たが、毎年来ている鳥は一目見てわかった。

何が釣れるのか釣り上げた魚を見たことがないので分からないが、常に数人の釣り人が静かに糸を垂れていた。常連の一人が昔指導教官の一人だった横溝元教授で定年後も毎日のように釣りに来ているのだった。

「先生、釣れますか」

「釣れない。さっぱり釣れない。全く釣れない。ここの魚は遺伝子改造されているから人間よりよっぽど賢いんだ」

たぶん針の先には餌がついていないのだと思う。

「ところで最近あっちのほうはどうかね。順調かね」

あっちがどっちか分からなかったが、話を合わせておいた。

「しごく順調です。全く問題ありません」

「ふむ」

元教授は遺伝子工学の泰斗で現在はこの学園都市の一角にある産学コングロマリットの製薬会社の研究所長の要職にあった。のんびり釣りなどに興じている暇はないはずなのだが。湖面に巨大な黒い影が現れて鴨たちがいっせいに飛び立った。しかし、それは一瞬の出来事で鴨が飛び立った後は何事もなく水面は静まっていた。釣り人たちも特に興味がないといった風情で驚いたのは高彦ひとりだった。

調整池の先には広大な農場が広がっていた。立ち並ぶ温室の中には遺伝子操作を加えた様々な作物が生育されているはずだが、高彦に立ち入る権限はなかった。高彦の所属する超先端科学研究所の奇抜な建物群が農場の先に立ち並んでいた。なかでも一番奇怪な外観の、三角形の窓で構成された銀色に光り輝くロケット状の建物が高彦のいわば職場であった。この建物のエレベーターは、世界最速だった。瞬間移動しているのではないかと錯覚するほど速かった。文字通り瞬く間に高彦を十八階の研究室まで押し上げてくれた。比較的に時間がかかるのはこれからの道程だった。考えうるあらゆる脅威に対応した厳重なセキュリティチェックを受けなければならないのだ。掌紋チェックを通過しても、二日酔いで顔がむくんでいたり、風邪で声がかれていたり、目が充血していたり、体温が規格外の場合には、最悪の場合は、ＤＮＡ検査を受けて、その結果を待つために三十分ほど入室が拒否された。

高彦の研究室に限らず、たいていの研究室が通し番号のネームプレートだけで何を研究しているのか外部の者には窺い知ることができなかった。高彦の研究室は、時間遷移……分かりやすく言えばタイムマシンを研究していた。タイムマシンの理論のうち現在有力なものは、ワームホールを利用したものと宇宙紐を利用したものだ。しかし、それらの理論の有効性はいまだ証明されていない。高彦にしても時間軸を自由に行き来できる、ＳＦ小説に出てくるようなタイムマシンの理論を発見したわけではなかった。いわば時間爆弾とでもいうべきものを爆発させて時間の流れに乱気流を発生させれば、時間の進行が速くなる部分と遅くなる部分が生じる、といった程度のものだ。高彦の理論によれば、情報流量と時間速度は比例しており、情報流量が大きい国ほど平均寿命が高いのだった。日本においても、第二次世界大戦中に極端に平均寿命が低下したが、これは戦死者の増加や栄養状態の悪化が直接の原因ではなく、情報統制による情報流量の極小化がその直接の原因だったと考えられた。

「おはようございます」

高木君の声であいさつをしたのは、いつものように背中を丸めてプログラミングに余念のない高木君に代わってモーションセンサーを備えた高木三号だった。球体のいわばロボットで常温超伝導を利用して空中にふわふわと漂っていた。できるのは挨拶くらいなものだ。高木君には高彦の開発した情報拡散ツールのブラッシュアップを依頼していた。高彦自身はダイアという新世代言語の開発を行っていた。銀色に輝く高木三号を中指で弾き飛ばして自分のデスクに向かった。パソコンを起動し、眼底による個人認証が済むと画面には地球儀が浮かび上がり様々な色と輝度により情報流量の違いをリアルタイムに表示していた。それらは概ね時差を表していた。インターネットによる個人の利用が集中する午後九時から十一時の時間帯が地球の自転に伴って右から左へ赤い帯となって流れていた。今、日本時間午前十時二十三分。日本は緑色。赤い帯は、日本列島のほぼ裏側あたりにあった。発展途上国は、どの時間であっても変わらず藍色である。なんらかの異常、例えば意図的なサーバー攻撃や新種ウイルスが発生している場合は、爆弾マークが該当地域の上で点滅した。今日は南アフリカのあたりで小さな爆弾が導火線をチリチリさせている。爆弾マークに視線を合わせ意識的に二回まばたきをする。ポップアップウインドーに概況が表示される。通常の二倍の情報流量を示していた。理由は不明だが先物市場が活発化しているようだ。局所的でさほど大きな動きではないのでそれ以上のウォッチングは止めた。さらに二回まばたきしてポップアップを閉じる。「メニュー」ささやくような声で言う。音声認識しているわけではなくカメラが唇の形を読んでいるので、本当は声を出す必要はない。「ナンバースリー。リミットテン」未処理メールを確認する。音声合成ソフトが澄んだ女性の声で読み上げてくれる。以前はヘッドセットをする必要があったが、今では耳の位置を自動的に認識した上でその部分に集中して音波を飛ばす技術のおかげで耳に何も装着しないでも他人に漏れないように音声を聞くことができた。八神一郎からのメールが届いていた。八神は、飛び級で入学した六人の同期の一人だ。六人のうち、一人は不慮の死、一人はドロップアウト（といっても、その後東大理Ⅲに進んで医者の道を歩んでいるらしい）、一人はアメリカ留学で、現在もこの学園都市で生活しているのは三人だけだった。その三人のうちの一人だ。同期といっても年齢はそれぞれ違う。高彦は最年少の十四歳で入学していたが、他の五人は十六歳から十七歳だった。八神は二歳年上だから現在二十三歳になっているはずだ。アメリカのプリンストン高等数学研究所へ留学した同期生がN市で開催される学会出席のため一時帰国するので久しぶりにこの週末にオフ会をN市でやろうという内容だった。八神は、悪く言えばミーハー良く言えば積極的な性格で、高彦が極力目立たないように生活しているのに反して、ハイティーンの頃から数学オリンピックに参加したり、TVの奇人変人コーナーに出演して驚異的な記憶力を披露したりと、ことあるごとにマスコミに露出していた。彼の専攻は光子力学で高彦の研究に一脈通じるものがあった。但し、研究棟が違うこともあって学内で実際に顔をあわせることは年に何回もなかった。この間、顔を合わせたのは……横溝元教授の所長室ではなかったか。用事が終わって帰ろうとしたところに彼が入ってきたのだが、何の用事だったのか。彼は、高彦が知らされている限りではプロジェクトのメンバーではなかった。

一時間ほど集中してダイアをプログラムした。もうすぐ正午だった。世の中の大半のことは仮想現実で用が済むようになっていたが、それでもまだ定期的に空腹感は生じた。高木君は、えたいの知れない固形物とカロリーゼロの炭酸飲料で空腹感を解消しているようだったが、高彦はなるべく食堂に出かけて生の人間の声を聞きながら食事をとるように心がけていた。テレポーテーションの研究もどこかで誰かが真剣にやっているはずだが、二つ隣のビルの最上階にある食堂（通称、スペースシップ）へは、今のところまだ最上階同士をつなぐ空中遊歩道を通って行くほかなかった。この食堂は重力を制御する研究の実験場でもあり、この食堂に一歩足を踏み入れると体重が半分ほどに感じられた。食堂名目では国の補助金が得られなかったので試験施設として登録してあるらしかった。バイキング形式で大きなトレイにはみ出すように食べ物を乗せてもコーヒーカップをひとつ持ち上げている程度の感覚だ。食事時だが広い空間に二十人くらいしかいなかった。研究者達は二十四時間自分たちのペースで研究していたから、食事時間もそれぞれバラバラなのだ。

この時間帯に食事にやって来るとマレーシア人のHとアメリカ人のYに会うことが多かった。二人とも中国系なので二人きりの時には中国語で話をしているが、高彦が加わると自然に英語に切り替えて会話を続けた。今日も二人が先についていたテーブルに後から加わった。今日の話題は、この食堂にもっともふさわしい宇宙旅行についてだった。現在、地球一周コースが二百万円程度で商用化されているが、それだけの価値があるかどうか、といったような他愛ない話だった。それから、なぜか話題は二〇〇一年、高彦の生まれた翌年に起こったアメリカ同時多発テロに移った。ブッシュはアルカイダの攻撃の予定を完全に把握していて、それに便乗して追突した飛行機に劣化ウラン弾を仕掛けていた、という九・一一陰謀説で目新しい話題ではなかったが、それは前振りに過ぎず、二〇一四年の南関東大地震が実は劣化ウラン弾による人工地震によって引き起こされたものであったというのが本題だった。両親をこの大地震で失っている高彦にとって聞き捨てならない話だった。電磁波による台風の弱体化が実用段階に入っているとは聞いたことがあったが、人工地震の研究がここまで進んでいたとは初耳だった。

「今の話、本当かい？」

「正確に言えば、噂話さ。しかし、地熱発電の研究と平行して、かなり研究としては進んでいたらしい。小地震を起こして大地震に成長しないようにエネルギーを解放することが目的だったんだが、逆目に出て、大地震を誘発してしまったらしいよ」

高彦は、食事を終えて研究室に戻ると、さっそく、まずは通常の利用者権限でデータベースにアクセスした。人工地震を検索しても全く反応がなかった。これは、かなりあやしい。ゲゲゲの鬼太郎の前髪のように高彦の第六感にピリリとひっかかるものがあった。次に最上級の管理者権限でデータベースを検索した。勿論与えられた権限ではなく、辛抱強くあらゆる手段を講じて手に入れたものだ。この権限は、高彦の研究自体にもぜひ必要なものだった。やはり、削除された履歴の断片が残っていた。既に十年近く前に削除されたものなので、残っていたのは、削除年月日とファイル名だけだった。データベースからは削除されていても、誰かの端末に残っている可能性はある。削除された二十三個のファイル名をキーワードに世界中の接続できる限りのコンピュータを検索することにした。「実行」と呟いた。コンピュータによって起動している時間がそれぞれ違うので、少なくとも一日は実行している必要があった。また、接続時にパスワードを要求する端末に対してはあらゆるパスワード解析を試みるのでそれなりの時間が必要だ。解析プログラムで侵入できるのは二十パーセント程度に過ぎなかったが。気長に待つことにした。

午後は、外国為替証拠金取引自動売買プログラムのブラッシュアップを行った。毎週一回、前週の売買結果を分析してより精度の高いプログラムに改修していた。前週は四千三百二十回売買を繰り返して勝率八割三分だった。現在のところ勝った場合の解析には手をつけていない。まずは、負けた時の予測ポイントを評価して、予測精度の向上を図っていた。勝率十割に近づくほど未来予測の精度もあがったと考えていいだろう。未来予測ができるということは、ある意味、未来に行くと言うことと同義だろう。地道な作業である。最新の統計手法を駆使して最適化するまで何回もシミュレーションを繰り返した。そのために使用する莫大なリソースは、学内に無数にある端末を密かに並列コンピュータ化して使っていた。

夜になった。もう十一時だというのにどの建物にも煌々と灯りがついている。研究棟は正月も含めて一年中不夜城と化していた。研究室には、リラックス用のカプセルベッドが装備されていて宿泊することも可能だった。高彦も最近は週に何日か泊まりこんでいた。助手の高木君は、いつ見てもモニターを前にしていたので、たぶん、備蓄食糧が切れた時以外は外出していないのではなかろうか。今日は、下宿に帰ることにした。下宿といっても職員用の高層アパートだ。健康のために午前中の散歩とともに通勤の足は自転車を利用していた。車輪の直径が三十センチメートルもない軽量の折り畳み自転車で、折り畳むとほぼアタッシュケースの外形になった。この小さな車輪でどうしてこれほどのスピードが出るのだろうか、十分もかからずに下宿に着いた。

高彦の部屋は十六階だった。窓から見晴らしても窓のある北東の方角は、漆黒の闇に包まれていた。まだ煌めいているであろう大学の研究棟は西の方角で高彦の部屋からは望めなかった。漆黒の闇のはるか先にはさほど高くない山並みがはだかり、その先には震災後十年たっても地表から電磁波が消えぬままに放置された廃墟がひろがっていた。かつてその山並みを貫いていた大動脈は、今でも分厚いコンクリート壁で封鎖されたままだった。百万戸が倒壊もしくは焼失し、三十万人を超える死者・行方不明者が出たのだ。その中に高彦の両親も含まれていた。但し、遺体は確認されていない。ほとんどの遺体が確認されていない。リクライニング式のアームチェアに身を沈め、缶ビールを口にした。いつものことだが、それで開放感が得られるというものではなかった。黄砂が上空に漂っているせいか、雲はなくても星の見えない夜が何日も続いていた。

高彦が幼時に住んでいた村の北東部にある小高い山は、その地方の国立大学が林業の実習に借りている山で、村人の間では、「大学の森」と呼ばれていた。両親と手をつないで様々な広葉樹林が植えられた森の中を散策するのが高彦の最上の喜びだった。父親の手のごつごつした大きさと母親の手の柔らかさがまざまざと蘇った。

相当に疲れているには違いない、リクライニングチェアでそのまま寝入ってしまったが、家族の夢を見たせいか久しぶりに豊かな気持ちで目覚めることができた。今日も晴れてはいたが青空を黄砂が薄い膜のように覆っていた。金曜日の朝だった。三年前から週休三日制に移行していたから休日だった。ただし、高彦にとって平日であっても研究棟へ出かけていく必然性はほとんどなく、自室でもほとんど同じレベルの開発作業が可能だった。しかし、なるべく自室では仕事はしないように心がけていた。

金曜日は、自転車で遠出をするか、スポーツセンターで一日ゆっくりと汗を流すことにしていた。そして、土曜日は、研究の構想を練った。普段の日曜日は、語学の勉強を兼ねてスペイン語と中国語の配信映像を視聴していたが、この週末は八神の呼びかけによる合コンでN市に出かけることになっていた。

N市から戻ると、図ったかのように横溝所長から呼び出しがかかった。学園都市を構成する施設は、大学の付属施設はもちろんのこと民間企業も最低限のセキュリティでは共通のＩＣカードを利用していた。横溝元教授が所長を務める製薬会社の研究所の受付でＩＣカードをかざすと、「しばらくお待ちください」と人工音声が流れ、しばらくすると白衣をはおった若い女性が現れた。いつものことだが、自己紹介もなく、黙って所長室まで連れて行かれる。プロジェクトが佳境に入った証拠だ。これまで、全体の打ち合わせであろうと個別の打ち合わせであろうとメールやテレビ電話で済ませていたが、いよいよ顔を合わせて意思決定する必要が生じたのだろう。マホガニーの大きなテーブルを囲んで既に六人の人間が着席していた。更に三人が加わり会議は十人で始まった。

プロジェクトの内容は、先の大地震でＴ市に滞留し続けている電磁波を開放し、都市を再開発するというものだ。現在のＴ市は膨大な電磁波が地表に滞留して、電子機器を備えた機械はおろか人さえも近づけなかった。再開発のためだけではなく、この膨大なエネルギーを利用しようとするアイデアはこれまでにいくつか提案されていた。高彦のアイデアもそのひとつである。しかし、街の周辺に近づいただけで電子機器はすべて誤作動してしまうので手のつけようがなかった。従来のシールド技術では全く歯が立たなかった。ここに来てようやく十分に実用的なシールド技術が開発されたのだ。いよいよあのアイデアを実行に移す時がきたのだ。街とともに死者を蘇らすことができるかも知れないのだ。高彦は、両手の拳を強く握り締めて興奮を鎮めた。

四月下旬、十分な机上検討の上で作業が開始された。窓のない装甲車が被災した街をぐるりと囲むように三十二箇所に装置を設置して回るのだ。まだとても車外に出られるような状況ではないので、深海艇のようにマニュピレータを駆使して設置していかなくてはならない大変に難しい作業だ。各作業車は一台しかなく、設置箇所の整地、基台の配置、装置の設置といくら順調に工事が進捗しても、全てを完了するのに三ヶ月は必要だった。

設置する場所の地ならしから始められた。高度シールドが施されたブルドーザーとトラックとシャベルカーが瓦礫の山を避けながら設置予定箇所を整地していく。ＧＰＳが利用できないので、設置予定場所に行き着くのに衛星写真と被災前の地図を照らし合せながら人間の目で確認するしかなかった。

電磁波を地上から開放して遺体を回収することも目的のひとつなのだが、常人には理解しがたい理屈をつけてこの国家プロジェクトに反対する団体が少なくとも三団体は存在した。そのうちの最も過激な団体は、Ｔ市を覆う電磁波の塊を教祖にしている宗教団体で、以前にも閉鎖区域に勝手に入ろうとして信者が何人か死んでいた。教祖に近づくためには死を恐れないし、彼らにとって教祖を開放するなどとんでもないことだった。どんな過激な手段に出てくるのか予想もつかなかった。だから、反対派からの妨害を受けないためにも電磁波の影響を受ける範囲内で作業する必要があったのだ。

整地が終わった箇所を追いかけて、クレーンによりコンクリート製の基台を据え付けていく。そして、基台の据え付けが終わった箇所から順次装置の設置作業も実施しなくてはならない。工事開始後十日を経過した時点で、どの作業をとっても計画比二十パーセント以上のロスタイムが生じていた。閉塞した空間の中では、予想以上に集中力の持続が難しかった。装置を一基設置するのにまるまる一日必要だった。直径二メートル程のコンクリート基台の上部に嵌め込むように丁寧に装置を置いていく。そして、ひとつ前に置いた装置との間で通信試験を行い、指向が最大になるように方向を微調整し、手動でロックする。十分にシールドされているとはいえ滞留した電磁波の内部で一人の人間が作業するには限界があった。作業は、半日ごとのローテーションで、高彦は志願してこのローテーションに組み込まれていた。

まだ直接的な妨害行動はなかった。教団がホームページで反対の声明を発表したに過ぎなかった。しかし、やがて必ず直接行動に出てくるだろう。不気味な沈黙だった。

工事開始後四十二日目に異変が起こった。磁界強度が微妙に揺らぎ始めたのだ。少なくともこの五年間は安定した磁界強度を保っていた磁界環に何かが起こりつつあった。しかし、それが減衰に向かいつつある兆候なのか強くなろうとしている兆候なのか、すぐには判断のつけようがなかった。宗教団体が主張するとおり、電磁界は意思を持っていて何かを訴えようとしているのだろうか。

四十五日目、とうとう妨害工作が始まった。どこからともなくばらばらと石が投げ込まれてきたのだ。

「投石確認！」

予想されていた事態なので投擲角度と方角から投擲箇所が即時に計算され、警備班に連絡された。しかし、警備班が現場に駆けつけた時には、犯人の姿は影も形もなかった。今日のところは被害はなかった。しかし、もう少し重量のある物体が装置を直撃すると微妙に調整した角度がずれてしまう可能性があった。明日からは、パトロールの人員をもう少し増やさなくてはならない。地上からだけでなくヘリコプターによる空中からの監視活動も追加しよう。

次の日、警備体制の強化を察知したのだろうか、投石などの実力行使はなかったが、教団が自らのホームページで非難キャンペーンを始めたためにマスコミからの問い合わせが殺到した。ホームページ自体は、文字通り指一本で閉鎖に追い込むことはできたが、相手の動向を確認するためにもそのままにしておいた。マスコミにはあらかじめ作成しておいたビデオクリップを配布した。電磁波を開放した跡地に鎮魂塔を建築する内容だった。上空を含め立ち入り禁止区域に入ることの危険性をあらためてマスコミに通達した。実際、過去に被災地撮影のために禁止空域に入ったヘリコプターが制御を失って墜落する事故が四件報告されていた。

梅雨が始まる前に完了する計画だったが、進行の遅れにより例年よりも早く訪れた梅雨に突入していた。しかも、大型の台風が東南海上で発生していた。台風が直撃しなくても前線を刺激して大雨になれば作業を中止せざるを得ない。一番気になるのは雷雲の発生だった。今までに何回も被災地に吸い込まれるように雷が落ち、火災が発生していた。周辺部に及ぶような大きな火災にまで成長したことはこれまでなかったが、万が一そのような事態になれば、これまでの努力が水泡に帰してしまう。

残すは、最後の一基だった。理論的には風速五十メートルに耐えられるだけの設計はしていたが、実際に遭遇したらどうなるか分からない。あと二日なんとか天候が持てば、装置の設置を完了して全体の通電試験を実施することができる。最後の一基を設置する場所が最もセキュリティ上危険な場所だった。旧大通りに面していて前面に遮るものがなかった。かなり遠くからでも見通しがきく場所だった。妨害工作をするには持ってこいの場所だ。最終日が近づくにつれて宗教団体によるメディアを使った妨害も目立ってきていた。最初は、自らのホームページで工事の中止を訴えるだけだったが、最近はあらゆる掲示板に中止を訴える投書を投げ込んでいた。そのおかげで明らかにいたずらと分かるメールがプロジェクトの本部に宛てて世界中から押し寄せてきていた。

高彦は、通電試験の指揮をとるために装甲車に乗り込んでいた。台風の進路は変わらなかったが、幾分速度は落ちていた。上空の雨雲から大きな雨粒が落ち始めてきた。午後三時過ぎ、ようやく最後の一基を設置し終えることができた。

最後に設置した三十二号機の起動スイッチを有線による遠隔操作で入れた。車内の空冷ファンの音が高まった。出力が徐々に高まっていく。今日の試験で試す最高出力は、三十パーセントとあらかじめ決めていた。しかし、もうこれ以上は待てなかった。明日以降に無事本番が迎えられるという保障は全くないのだ。というより、今しかないと高彦は思った。最大出力を百パーセントにセットした。意を決して送信ボタンを押した。その瞬間に第一号中継点に向けて高周波の電波が送信される。受信した時点でその中継局の電源が入り数秒後に次の中継点に向けて電波が繋げられる。一周するのにおよそ五分かかる予定だ。音もなく聖火リレーのように電波が引き継がれていく。そして、徐々に出力を増しながら周囲を電波が糸巻きのようにぐるぐる巻いていく。目に見えないはずの電波が高彦には見える気がした。もうすぐ出力が最大になる。

突然、大きな爆発音響とともに円の中心部から天空に向けて巨大なプラズマが放射された。

真っ白になった。一瞬世界が真っ白になった。破砕されたままのビルディングが蜃気楼のようにゆらゆらと揺れだした。群集のざわめくような音が強い風に乗って聞こえてきた。雨がまた強くなっていた。計算では十五分で滞留していた電磁波の九十九パーセントが天空に放電される。そこまでは公式に発表された計画だった。しかし、その後に高彦のたくらみがあった。計算どおりならば半径二キロメートルの巨大な装置がタイムマシンと化して人々と街を悪夢の底から蘇らせてくれるのだ。あの日からずっと思い描いていた夢が現実になるのだ。もう一度、父と母に会うことができるのだ。

聞こえてきた。聞こえてきた。大きな振動音と雨音の向こうから確かに聞こえてきた。

「高彦よ、帰ろう、あの場所へ、お前の好きだった大学の森へ」

父親の呼ぶ声が聞こえてきた。最初はかすかに、だが次第にはっきりと。

「高彦、ここよ、ここにいるわよ」

母親の優しい声も聞こえてきた。

雨がますます強く降りつのった。やがて、激しい雨音に二人の声はかき消されてしまう。そして、真っ白い雨脚の中へと美しい幻も姿を消していった。

高彦はまだ二十一歳だった。まだ二十一歳だったけれど、もう百年も生きてきたような気分だった。少し休もう、高彦は点滅を続ける操作卓の上に顔を伏せ、静かな眠りについた。昔、両親と三人で大きなクヌギの切り株に顔を伏せ、昼寝をしたように。

パークライフ

マッチ箱みたいな家に西日さす

空蝉や逃れるほどの日常ありや

鋼製の真黒きベンチ虫すだく

藤棚に区切られている冬の空

春近し父子声あげて滑り台

初時雨

聳(そび)え立つ子安大師や夏の雲

臨月の足のむくみや秋暑し

まだ見えぬまなこ見開き初時雨

身の丈の寝息の軽さ春隣

吾子の声届く高さの吹流し

その一年

A　金魚鉢

母屋の玄関に釣り下げられた菱に忌の字の入った大きな提燈が五月の湿り気の多い風に時折重たげに揺れた。脳軟化症でひと月うわ事を言い続けた祖父が昨夜半に死んだ。その時彼は、真っ暗な部屋の中を大きな鳥がゆっくりと飛び回る夢を見ていた。なま暖かい風が彼の頬をなぶった。通夜の客は午後十時を過ぎても引かず、彼は一人離れにこもって、まだ真新しいリーダーの教科書に単語の意味を書き付けていった。離れは、今は物置になっているが父母の結婚当初の住居であり、彼もその部屋の頭上で回るベッドメリーを目で追った記憶が微かにある。北側の格子窓とブロック塀との間に槙の木が植わっていて、そのつたない枝振りが今も変わらずあった。

朝なのに夕焼けのようで、にび色の雲がどんよりと地平にしだれかかって、猫の目のように薄く開いた隙間から真っ赤な成層圏が覗いていた。

自転車の荷台から座布団でくるんだ鞄を取り出して校舎に向かった。彼の通う高校は学区内では唯一の進学校で、隣町のはずれから通う彼には、六月になってもまだ友達が出来ずにいた。始業の八時半にはまだ七分三十秒もあるはずなのに、体操着に着替えた彼と同じ一年生が校庭一杯に広がっていて思い思いに柔軟体操をしていた。今日は何か特別の日だったのだろうか。何も思い当たる節がない。自転車を降りて急に体温が上昇したせいか、眼鏡が湯気で曇っている。彼はふとしたことが原因の捻挫で二週間ほど体育を休んでいた。

彼の学年の識別色は緑色だった。二年生は黄色で、三年生は赤だった。スリッパの色、自転車の後ろに貼る校章の色が学年毎に決められていた。緑以外の色だったらちょっと恥ずかしかったなと彼は思った。玄関でその緑色のスリッパにはきかえようとして、彼には自分の下駄箱の位置がにわかに思い出せなかった。祖父の葬儀のたった三日間休んだだけで忘れてしまったのか。下駄箱の色はこんなくすんだ焦茶色なんかじゃなくてもっとすっきりした色のはずで。困ったな、たしか扉に名札も貼ってあったはずなのにそれもなかった。しかたなく彼は、まだ新しい、生まれて初めて履いた革靴をたたきの隅に置いて靴下のまま教室に向かって歩き出した。リノリウムの床のひんやりとした感触が彼をよけいにすくませた。一時間目は、体育ではなく数Iのはずだった。

入学当初の緊張も解け、室内は騒がしかった。宿題の解答を寄せあう声や早くもクラブを抜けたくなったという話。女生徒の噂。彼女はT中の出身で、君は、大江、読んだことある？ まだ、もう一度分解できるって。でもあの先生の教え方は古いと思うんだ。僕の中学ではね。えっ、君も花粉症。あのギャグのセンスは十年古いって。百年だよ、百年。百年の孤独。

頭の薄い数学教師の登壇で、ざわめきは潮のように引いた。いつもの癖で、生徒のする礼に合わせて指示棒で首の後ろを三度叩く。教師はなぜかいつもとても張り切って見えた。最初の授業の時に、数Iの教科書なんか二学期までにやり終えてしまって、三学期からは数IIに突入するのだ、と宣言していた。君達は、頭がいいんだからガンガン行きますとか言って。時折、人を馬鹿にしたような冗談を早口にまくしたて、自分一人で笑っていた。

教科書の三十一頁を開いても、彼の目は上滑りするばかりで、耳の奥ではまだ先ほどのざわめきが渦を巻いていた。教師は何やらパクパク盛んに口を動かしている。確かに日本語のイントネーションだが、彼には意味が理解できない。そして、まるで金魚鉢の中にでもいるように呼吸が苦しい。昨日、葬儀が済んで家に戻ってみると、そのわずかの隙に五匹いた金魚が一匹残らず野良猫の犠牲になっていた。畳に散らばる水と鱗(うろこ)を見て、一瞬目の前が暗くなった。「ワレはなにものだ」「天井に人がいっぱいいる」「お母さんはどうした」祖父のうわごとが耳によみがえる。彼は、窓を開けたくなった。息が苦しいんだ。この中にいては死んでしまうんだ。彼はふらふらと立ち上がって、窓に向かって歩き始めていた。

B　噴水

七月も終わろうというのに梅雨の明ける気配は微塵もなかった。

夏休みの二日目、噴水を一人で見にきた公園で、偶然、十年後に膵臓癌で死ぬはずの叔父さんと僕は出会った。叔父さんは三月前に奥さんを子宮癌で亡くしたばかりで、まだ幼稚園児の洪太と二人で大きな家に住んでいた。洪太は、父親のことを「オヤビン」と呼んでいた。

「オヤビン、ハラヘッタ」「オヤビン、キライ」

どうやら叔父さんは会社をさぼってこの池に釣りにきているらしい。背中を丸めてひっそりと釣糸を垂れていた。

「何か釣れましたか」

と聞いて、すぐに叔父さんがバケツを持っていないことに気付いた。水面は空の色を写して、ぼんやりとくすんでいる。

「やあ。しばらくだね」

振り向いて寝不足のような顔を僕に向けた。

「釣れりゃあしんねえ。ふふっ、ここの魚は賢いで」

「いるんですか、ここに魚なんか」

「いるよお。主のようにどでかい鯉が」

「ほんとですか」

僕は叔父さんの釣糸の先には餌も針さえもついていないだろうと思った。

「たまには家に遊びに来いよ」と叔父さんは言い、「近いうちに寄らせてもらいます」と礼儀正しく答えて、僕らは別れた。

僕は、池全体が鳥瞰できる場所を探して周遊道を奥に向かった。池の後背地に小高い丘が屏風のようにあって、その頂上に上水の調整タンクが立っていた。そこからは池に向かって東方しか眺めは開けていなかったが、僕にはそれで十分だった。僕はスケッチブックを広げ、写生を始めた。

蓮化寺池には、周囲の景観とまったく不釣り合いな大きな噴水が池の中央部にあった。毎正時に小高く水を舞い上げ、どういう仕掛けなのだろう、空中で花火のようにはじけ、光を四散させ、晴れた日にはいくつもの虹を造ってみせた。噴水の回りを、白鳥の形を模した足漕ぎ式のボートが一艘ゆっくりと回っていた。

四月の半ば頃にクラブ活動の意向調書を提出させられたが、僕はそれに美術部への入部希望を書いておいた。しかし、なかなか部室に顔を見せることができなかった。二、三度部室の前までは行ったのだが、そのたびに女生徒のかん高い笑い声に気圧されて中に入って行くことができなかった。

一学期の終業式が終わり、教室で通知表を受け取り帰り支度をしているところに、髪をおかっぱにした痩せぎすの二年生が僕を探して呼んでいた。彼のスリッパの色は黄色だ。彼は美術部の部長で、これから部会を開くのでついて来るようにとのことだった。僕はようやく部室に顔を出すことができた。部員は、二年生が三人、一年生は僕を含めて四人、三年生は一部の運動部を除いて部活動はしない慣いなので、合わせて七人だった。その日の打ち合わせで、文化祭の日程が告げられ、それまでの二ヶ月間に一人二作のノルマが課せられた。夏休みに登校して部室で描くもよし、登校せずに家で描いてくるもよし、ともかく描く方法は各人の裁量に委ねられた。

僕はその場で、一枚は蓮化寺池の盛大に吹き上がる噴水をダリの絵のように描こうと決めた。或る種の鉱石のように固く深く青く澄んだ湖面から、醒めたばかりの夢のように噴出する虹色の流体。

風が吹き始めた。重たげな雲が西の方からほどけだし、差し始めた薄日に湖面によった縮緬皺(ちりめんじわ)が光った。白鳥型の足漕ぎ式ボートはよろよろと岸辺を目指す。

三時になった。何の前触れもなく噴水がひときわ高く舞い上がり、光の粒となってボートの上に降り注いだ。ボートは折からの突風に弾けるように横倒しになり、僕の不安は見事に的中した。

C　ポスター

九月も半ばを過ぎて文化祭の準備も大詰めを迎えたある日、中学の時の同級生から電話が入った。彼女は道を一つ隔てたところにある女子校の生徒で、同じ同級生の一人が八月の末から腎臓か何かの病気で入院しているから、次の日曜日一緒にお見舞いに行かないかと言うことだった。

日曜になった。待ち合わせ場所の駅前の本屋に行くと彼女はすでに来ていて、ひらひらと手を振って僕を招いた。電話では聞こうともしなかったのだが、僕はてっきり四、五人のグループで見舞いに行くものとばかり思い込んでいたから、時間になっても他に誰も来ないのを不審に思って彼女に聞いてみると、他の人はもうみんな見舞いに行っているという返事が返ってきた。

じゃあ、行こうか。その前におみやげ買わなくっちゃ。何がいいんだろ。ここの二階、喫茶店だけどそこのケーキがいいわ。

彼女はピンクのサマーセーターとチェックのミニスカート。僕たちはまだたっぷり時間があったので喫茶店に入ることにした。僕はアメリカンを、彼女はレモンティーを頼んだ。彼女のふっくらした頬にセーターのピンクが映っている。大きな目で子熊のように黒い部分が多い。意外に可愛いことに気付いて僕はどぎまぎした。これってデートなのだろうか。だとしたら、初めてのデートでどんな話をしたら良いのだろう。そう言えばデートの手順をアドベンチャーゲーム風にまとめたハウツー本があったっけ。そんなコンピューターゲームもあったたな。でも現実ってのは大概の場合パターン通りに動いてくれないからな。それで困っちゃうんだ。

小学生の頃さ、給食の時間にこんなちっちゃな粒のビタミン剤って出なかった？　牛乳に入れる？　教室の片隅で僕らはメダカを飼っていたんだ。それで僕は人間にいいものがメダカに悪いはずはないと思って、丸い水槽の中にそのビタミン剤を一粒入れてみたんだ。水槽の底でシューっていう音と細かい気泡を立てて、そいつは一分もしないうちに溶けてしまった。その日のうちはまだ生きていたんだ。でも翌朝登校してみたらみんな死んでいたよ。女の子がわあわあ泣いちゃってね。そのメダカを持ってきた女の子だけど。それで仕方がないから放課後、近所の川という川を覗いてみたんだ。けれど、どうしてもメダカの姿を見つけることは出来なかった。どうしてかな。季節が悪かったのかな。それでごめんなさいって何度もその子には謝ったけれど。

それでね、洋子、かなり悪いらしいんだ。

かなりって？　長くないとか？

うん。

健康そのものといっていい、陸上部のない僕らの中学では、陸上の大会となると必ず選ばれて活躍した彼女が。一体どうして。たいていは人の輪の中心にいて大きな声で笑っていた彼女が。僕の泣かした彼女が。

優子が長い髪をかきあげた。

息苦しくなって僕は目を反らした。

壁のポスターは日に焼けてセピア色だ。なぜか生命保険のポスターだ。若い家族が手をつないでいて、コピーは「幸い幸せ」。しかし僕には何度読んでも「辛い幸せ」としか読めない。いつからこの家族は笑っているのだろう。多分僕が子供の頃から笑っているのだろう。そして歳をとらない。こころなしかその中の少女の顔が優子の顔に似ている。つらい幸せ。僕は唇を動かさずにそっと呟いてみた。

もつれた形で、ボールがサイドラインを割った。僕のいる所からではどちらのボールとも判断がつかない。審判を務める生徒は、赤チームにボールを渡した。誰も異議を唱えなかった。ただ、それまで生徒の動きを黙って採点していた教師が不満の声を上げたのだった。「おい。白だぞ」

ゲームは教師の声には耳を貸そうとしなかった。

「おおーい。白だろ」

教師の叫び声は、空しく体育館の天井に吸い込まれ、反響音さえ残さない。誰一人教師に注目する者はいない。白熱したゲームに集中していた。教師は、教務手帳を取り落とし顔を赤くして、金切り声を上げた。「白ボール」

ゴール下に巧みに回り込んだ原に素早いパスが渡り、原はノントラップでボールを籠に投げ入れた。

ゲームは淀みなく流れていた。選手達は入り混じり、弾き合い、ボールを追い、ロングパスの間合いを計って散らばり、一刻も同じ場所にとどまっていない。白い息が短銃のように飛びかい、静かに、だが熱っぽくゲームは流れていた。

僕は、体育館の片隅で寒さに震える膝をきつく抱え、ゲームを見上げていた。長い足が交差し、バスケットボールの鮮やかなオレンジ色がちらつき、そして教師が呆然と立ち尽くしている。ボールの鮮やかなオレンジ色は、弾けるまでに膨らんだ交尾期の雄の軍艦鳥の喉袋を思わせ、選手たちの動きは、顕微鏡下のブラウン運動を僕に連想させた。ボールは、翼を消して気ままに飛び回る一羽の軍艦鳥で、それを必死に追う若者達は、青春という名の微分子に干渉されて無秩序に動き回る微細な色チョークの粉だ。小心者の時計係がぴゅるりと笛を吹くと、軍艦鳥は訳なく失墜して地面をのたうち、色チョークの粉末は量子力学を無視して壁際に寄り集まった。

いよいよ、僕たちの出番だ。教師は、気を取り直したのか、ゆっくりとした動作で教務手帳を拾い上げた。

チーム着の赤いシャツを脱ぎ捨てた原に、お調子者の大野木がすり寄ってきて、いつもの目のなくなるような笑い顔で原を誉めそやした。

「すげえな、原。四ゴールか。やるじゃん。ええなあ」原は、それには応えない。

ともかく次は、僕たちの出番だ。誰のものともつかない汗で湿った黄色のシャツを息を詰めて一気に被り通し、どんなに遠くともどんなに不利になろうとも、絶対に一度はシュートを放とうと僕は固く心に念じた。

水の記憶

A　少年の日のキャンプ

狭い川が急に曲がるところに思いがけないほどの暗い深みがあって、突き出した岩壁が飛込台の役割を果たしている。流れが早く、飛び込んで顔を上げたすぐその目の前に濡れた黒い岩があってあやうい思いをしたりする。だから、水底をすくうほども潜っていられない。水が肌にしみるほどに冷たく、快い。空には夏雲が見事に湧き立っていて、蟬時雨が耳を覆う。キャンプの二日目で、昼食後近くの発電所を見学して来たところだ。水が電気を作る仕掛けは、中学二年の僕たちに格別の興味をかき立てるものではなかった。それよりも、一刻も早く冷たい流れに身を晒して、肌の火照りを収めたかった。僕は、あやうく陽炎になりかけていた。

岩壁を更によじ登って櫟(いちい)の木の生え際の、危ぶまれるほどの高みから飛び込む人がいた。一瞬、水の流れと蟬時雨と……時間が止まり、それから白い飛沫が勢いよく飛び散って、意外なところから得意気に白い歯をむいた黒い顔が現われる。対岸の砂地で友達を砂に埋めながら僕は、僕こそあの高みから飛び込みたいと熱望した。

飛び込むのだ、きっと飛び込むのだ。そう頭の中で呟きながら、水の中に足を踏み入れ泳ぎ渡り、岩棚に手を掛け、よじ登り、這い上がり。けれど、やっぱり僕には無理だった。岩棚に立って上を望むと櫟の木まではるか一光年もあって目がくらみ、足がすくんで動けなかった。心臓の高鳴りが耳にまで届いていた。だから僕には、羞恥の心と震える心臓を抱えて、暗く光る川面にただ不様に足から体を沈めることしかできなかった。

時間が来て、僕たちははや帰らねばならなかった。そのバスを待って未練気に川原に整列していた時だ。頭上でバサバサと不意な羽音が聞こえて、池田（あの高みから身を投じていた勇気あるヤマガモノだ）か誰かが喜色を帯びた声で皆に告知した。

「さかってるだぜ。」

二羽のトンビは、それから更に二度三度、僕たちの見ている前でそれぞれに弧を描き、舞い交わってから山の中へ消えて行った。

まもなく土煙を上げて迎えのバスが現われ、少年の日のキャンプは、それできっぱりと終わった。

B　泳ぐ人

もう三十年も昔のことだな。私がまだ県に入りたてで、F県税事務所に勤めていた時のことだから。当時、事務所はF市の南部をよこぎる朝日屋川の川べりにあって、大水が出ればすぐにも流されそうな古くて小さな建物だったが、昼休みや就業後には窓から釣竿を伸ばす呑気な姿がよく見られたものだった。川幅はさほど広くないが、水量は今に比べてずっと豊かで、もちろん水は澄み、十分に泳ぐことができた。そして、僕の実家は朝日屋川を事務所から二キロメートルほど下った、やはり川べりにあったから、泳げる季節になると私は、朝はもちろん歩いて出所したが、帰りには泳いで、というよりは頭に着衣をくくり付け、朝日屋川の流れに身を任せて、何の苦もなく帰宅することができたのだった。

或る夏の日のこと。その日はとりわけ蒸し暑く、面倒な差押えの一件を片付けた後だったから、流れに身を浸した瞬間、私は全身に痺れるような快感を感じることができた。夕方とはいえ夏の陽はまだ明るく、私の皮膚は若さで輝いていた。夏の光と水は、十分に私の体と心に馴染んでいた。

ところが、一キロメートルほど下ってY市に入ったあたりで、手品師が一振りしたハンカチから鳩が飛び出すように突如として頭上に巨大な積乱雲が湧き立ち、それがあっと言う間に弾けて、滝のような雨を降らせたのだった。私はなすすべもなく雨に頭を激しく叩かれながら豊かな水の流れにただ流されていた。

そして、最初の木橋をくぐり抜けた時だった。乱れた下駄の音が雨音に混じって私の耳を脅かした。流されながら振り向くと、浴衣の裾をはしょった女達が四、五人、頭に手をやり勢いよく橋の上を駆けているのだった……激しい雨煙に霞んで定かには見えなかったけれど、二本目の橋でも同じ光景があった。すねの白さが目にちらついた。天空を青白い馬が幾頭も駆けて、すさまじい雷鳴が私の耳をつんざいた。雨はますます降りつのる。空は夜のように暗い。

やがて、三本目の橋を私は目にした。やはり、橋を前にした時には何の予兆もないのだが、橋をくぐり抜けた途端、下駄の音が響き、駆けて行く女達の姿が見えるのだった。四本目の橋でも、五本目の橋でも。私は橋の数を六つまで数えて、はっと我に帰った。事務所から私の家に至るまで朝日屋川に橋は二本しか架かっていないはずなのだ。

「ははん、これは狐の仕業だな。」

と合点がいった途端、雨は嘘のように止み、茜色に染まった豊旗雲を浮かべた壮麗な夕景が眼前に広がった。

　土手道に青柳が並んで、私の家まであとわずかになる。木の下に三軒隣の美代が浴衣姿で立っていて、真赤に熟れたトマトを私に向けてぎこちなく投げてよこした。トマトは私をそれて流れてゆく。私は懸命に抜き手を切って、川の流れからトマトを取り上げた。

　そして、いつしか三十年の歳月がたった。縁側で、妻が刻んだトマトをはみながら、私は、あの夕立よもう一度と思うのだった。

C　五月の天啓

　その翌月、僕は昼食を済ませてまもなく入った法文館三階のトイレの中で天啓を得た。しゃがみこんだ途端、白い清潔なタイル壁の向こうから、僕の出番を告げるアナウンスが聞こえてきたのだ。あの独特の節回しをもって。

「第三のコース、わらしなくん、まるまるだいがく」

　不意に、清透な水をたたえたプールが目の前に広がった。プールの四囲には、隙間なく人々が、僕にとって皆それぞれに懐かしい顔を持った人々が、立ち並んでいた。

彼らは皆一様に腰をかがめ、おもむろに両手を前にかざして、飛び込みの姿勢をとっていた。表情のない硬い顔がきらめく水の面を凝視している。

降り注ぐ夏の光は、何の容赦もなく僕たちの影すらも焼き尽くした。だから僕たちは全く孤立していた。

風景は停止していた。人々は身動き一つしない。水中にたゆたう光の螺旋模様だけが唯一動くものだ。アナウンスは止んで音もなかった。静寂と氾濫した光だけが世界を支配していた。

僕たちは、決して聞き逃すまいと緊張の余り身を硬くして、ピストルの号報を待っていた。人に決して遅れをとってはならないのだ。そのわずかな空気の振動を感知して、誰よりも早く縁石を蹴らねばならないのだ。そんな神業が果たして僕に可能だろうか。気が気でなかった。しかし、出来ないとしたらそれは途方もない恐怖だ。一瞬頭に思い浮かべただけで、背筋に冷たい電流が流れ、ふくらはぎの筋肉がぴりぴりと震えた。

人々は腰を更にかがめ、前傾を深くする。

さあ、いよいよだ。……そして、ピストルは高鳴った。人々は一糸の乱れもなく一斉に飛び込んだ。不安は現実となり、恐怖が僕を痛打した。その瞬間、僕にはピストルの音も何の合図も聞こえやしなかった。しかし、人々がプールの四方から我勝ちに飛び込んで水を突いた瞬間、火薬の弾ける轟音がまざまざと頭の中に蘇ってきた。やはりピストルは鳴っていたのだ。僕はあれほど注意を凝らしながら、ついにそれを聞き漏らしてしまったのだ。そして、一人取り残されてしまった。

水しぶきが盛大に上がり、僕の視界を白く染めた。まるで沸点を迎えて沸き立っているかのように。水は激しく責めぎあい、白い飛沫を立てて人々の裸身を彼岸にかき消す。

僕は呆然と目を見張っていたが、いつしか水面は以前の平静さを取り戻し、透かして見ても人々の影は渺（びょう）も見当たらない。

僕はやっぱりダメだった。痛恨とも落胆とも自嘲ともつかぬ念が激しく胸を締め付けた。なぜ僕にだけピストルの合図が聞き取れなかったのか。聞こえなかったにしろ、なぜ躊躇することなく人々の後を追って飛び込まなかったのか。僕は立ち竦んでしまったではないか。

その時、水面のきらめきに突然僕は悟った。

そして、思い切りよくレバーを踏んだ。

D　弟の海

話があるというから来たのだ、この懸崖のレストランに。五月の混じり気のない光があまねく地上にゆき渡っている。山から吹き下ろす風が車を降りた私の頬を引き締めた。私はわざとのように海から目をそむけて白い瀟洒な建物の中に入って行った。

海からの照り返しを避けるためにその店の広い窓ガラスは淡い海の色に染めてあった。客はそれほど多くない。

せい子は私と目が合うと素直な顔で微笑んだ。シナモンの芳香が彼女の体を包んでいる。私は彼女の妊娠を直覚した。彼女の後ろにきれいに凪いだ海がおさまっている。春霞のために伊豆の山脈を望むことはできないにしても。

困惑の心を隠すために私は軽く頬の筋肉を緩め、そしてロシア語のメニューからおもむろにレモンティーを頼んだ。

彼女と目を合わせていると絡み合ってむず痒い輪卵管が僕の精嚢に感じられてならない。或いは、葡萄状球菌の繁茂、茸雲を思わせる悪性腫瘍が胎内で着実に育まれているに違いない。パイプオルガンは壮厳な無限音階を僕の耳の中で奏で、世界は様々な光を撒き散らしながら僕の目の中で回転している。鋭利なメスが眼球を思うさま切り刻み、眼底にび漫する無量の発疹をきれいに薙いで落とす。暗黒に薔薇状の星雲が生まれた。膨張しつつ収縮するクラインの壷の如き無限宇宙に。青白い漿液が突出した視神経鞘を伝って、とろりと頬にたれた。

生は死の諸相に過ぎない。マラルメ？

「えっ、なに？」女は呟く声で聞き返す。僕は突拍子もない声が喉を突き抜けて出るのを恐れて、少しおいてから、彼女の栗色の頭越しに青い窓ガラスを見詰めながら、穏やかな声で言葉を繰り返した。

「そう……そうかも知れないわね。」

女は目を落として冷めかけたシナモンティーをかき混ぜ、その芳香を再び取り戻そうと努める。僕は女のブラウスの胸の豊かなふくらみに酷薄な目を置いて、煙草を探す仕草をしかけて、やめた。

せい子は実に希望を孕んでしまったに違いない。僕の他愛ない世間話に落ち着いた相槌を打つことができるのだから。

しかたなく僕は夏の話を始めた。子供の頃の夏の思い出話を。昔、いまこのレストランの建っている丁度この場所に、赤い屋根の貧相な旅館が建っていたんだよ。僕たち、僕と弟は、それこそ飽きるほどにこの海岸で泳いだものだった。

或る日、まばゆい空を仰いで弟が呟いたことがあった。

「セキランウンだね。」

「……」

「セキランウンだね。」

覚えたての言葉らしく、ぎこちない口調で僕の同意を求めた弟。

「そうだよ。」

沖には、焼き玉の漁船が五、六艘、熱気の中を陽炎のように揺らいでいて、そのはるか彼方には青く霞んだ伊豆の山脈があった。そして倦むほどの青空から艶やかな飴色の輝きを帯びた積乱雲が、一つ忽然と湧き出していた。その巨塊は、空とも海ともまして僕自身とは何の脈絡もなく、ただそれ自身堅固な存在感をもって、中空にぽっかりと浮かんでいた。「お兄ちゃん、今日は伊豆がよく見えるね。富士山はダメだけど。」「ああ。」

僕らは、真っ黒に日焼けした体を緩やかな波の動きにすっかりゆだねていた。僕らの握り締めているロープは、遠浅とは言えないこの海岸を安全な遊泳地とするための柵の役割を果たしていた。ロープに等間隔にくくりつけられてある蝿縄用の大きなガラス玉が陽を浴びてきらきら輝いている。

「ここから伊豆までどの位あるのかなぁ。」

(彼女はいつ話を切り出すつもりだろうか……わたし赤ちゃんが……)

「五十キロくらいかな」

(だから、結婚は早い方がいいわ……)

「泳いでいけるかしん」

(……結婚……)

「無理ずらな。」

シラス網を引き回してゆったりと沖を移る漁船の上を、白い鳥が数羽舞い散っていた。

その夏、祖母が子宮癌で死の床にいることと僕らはほとんど無関係だった。市立病院へは二回見舞いに行ったきりだ。

「こうしていると、なんだか体がないみたいだね。だんだん頭が空っぽになってきちゃう。」

「そうだね。たぶんカモメだよ、シラスんいるからさ。けれどたったの三羽だ。」

「ぼくねえ、水泳もう四級なんだよ。組の中で三番目かな。だから白帽かむれるんだけどね、かむらないよ。だってまだみんな赤帽だもの。」

磨き上げた真鍮の色をして光り輝く巨大な積乱雲が僕らの頭のすぐ上にあって、テーブルの上を青い光が緩やかに流れて行く。

「本当に、ただこうやって浮かんでいると体がないみたいだね。」

そして、時折通う風が肌を優しく諌めて過ぎた。もうすぐ休暇も終わりだと。


「ねえ、何を見ているの。」

僕は一体なにを見ているのだろうか。わからなかった。けれども必死で言葉を探した。ありふれた夏の空、揺らめく海市、飴色の積乱雲、大雑把な潮の香、腐乱した溺死体、軍艦鳥の杞憂、無意識の水頭症、胞状奇胎の眩暈、疲弊した靭帯、逃げてゆく若さ、あるいは兆し始めた……

何か言おうとしている自分に気が付いて僕は口をつぐんだ。言葉の無力さを証明する義務は僕にはない。彼女の濡れた瞳がじっと僕を見詰めている。その時僕は、聞こえるはずのない潮騒の中から確かに弟の声を聞き分けていた。

「ねえ、何を見ているの。」

「ほら、赤い屋根が見えるだろ。」

「伊豆に？」

「ばか、あの崖のところ……ひどくオンボロの」

「旅館でしょ。もうやっちゃあいんでしょう。」

「でも窓があいてるら。」

「うん。」

「なんだかそこから人ん時々こっちを見てるような気がするだけんな。」

「気のせいでしょ。僕には何も感じないよ。」

祖母が長い病臥の末についに逝ったのはそれから間もなくのことだ。今となっては本当にその時僕が人影を感じていたのかどうか定かでないし、弟の口調もはっきりとは思い出せない。けれどなぜか、あの夏の終わりに祖母の死をみてとった時の無感動さだけは、今なおまるで醒めたばかりの夢のように鮮やかに覚えているのだ。

目の先に突然白衣の男が屈み込み、そしておもむろに首を横に二度振った。糸を引くような細い静かな嗚咽がそれに続いて聞こえた。僕の目はちぢれた髪の毛をした小柄な女性に向けられた。皺の貼りついた両手に覆われてその顔はわからない。けれど、押しつけがましくないささやかな啜り泣きが僕の心を安堵させた。その女性と並んで、憮然とした顔を作って立っているのはおそらく父であろう。母の姿はどこにも見当たらない。

それでもしばらく間があった。目札して医師が退室すると、白いズボンをはいた中年の看護婦（彼女は狐の顔をしていた）が、てきぱきと後片付けを始める……左手で点滴用の細い管をつまみ、右手で澄んだ薄緑色の液体を半ば残したロートを捧げ持って、軽い足捌きで病室を出て行った。彼女の手がいとも無造作に絆創膏を剥した時、口唇の端がぺろりとめくれ、血の気の失せた歯茎とほとんど歯のない口腔の暗い穴ぼこが一瞬僕に覗けた。

「僕はその時に子供をやめたような気がするよ。」

それから空の青さはしだいに薄れ始め、積乱雲はその艶やかな飴色の輝きを失う。ガラス玉の浮沈がいつしか激しくなり、体の揺らぎは心にまで及ぶ。

沖に目を凝らせば既に漁船の影もカモメの姿もかき消えていた。

「もう夏も終わりだね。」

とぽつりと呟く。弟の両肩に丸い光が白々と宿っていた。そろそろ上がろうかと掛けた僕の声に、もうひと泳ぎしてくると弟は応え、するっとロープを潜り抜けた。

白い歯を見せて僕に笑いかける。

「じゃあね。」

そう言うと翻りざま勢いよく泳ぎ始める、白い飛沫を華々しく上げながら、光のさざめく沖を目指して、弟は。みるみるその姿は小さくなり、そしてついには照り返しの中に消えてゆく。

空には雄渾な雲の崩れが確かにあって、ふと目を戻せば薄桃色の後背を背負ってせい子が変わらぬ笑顔で僕に微笑んでいた。

ヒマラヤ病院物語（二）　ヒマラヤスギの木の下で

1　ダイちゃんの初恋と夢

また、頭の中で何か不思議なことが起こりかけている予兆を感じる。ここ何日か続けて同じ夢を見た。にぎやかな宴席を終えていざ帰る段になって自分の履いてきた靴が見つからないのだ。夢の細部は、日によって少しずつ異なる。置いた場所が全く思い出せない時もあれば、先に出た誰かが完全に履き間違えて、見たこともないヘンテコな靴しか残されていない場合もある。なにがしかの悪い記憶を呼び覚ましているような気がするのだが、はっきりとはしない。そのせいか、目覚めてしばらくの間、気分が沈んでいる日が続いた。

てんかんは、有病率が約一パーセントとポピュラーな病気である。にもかかわらず、治療者や患者本人以外には、ほとんど実態が知られていない。患者による交通事故が発生した場合にマスコミが大きく取り上げて、怖い病気だなと印象付けられてしまう。

ロシアの文豪ドストエフスキー（以下、ドスト氏）も有病者の一人で、作中にしばしばその症状が表現されている。ドスト氏の人となり及びてんかんについて詳しく知りたい方は、愛知県青い鳥医療療育センターのホームページをぜひ御覧いただきたい。

てんかんは、部分てんかんと全般てんかんに区分され、それぞれ突発性と症候性に分類される。側頭葉てんかんは、症候性部分てんかんである。そして、経シルビウス裂到達法による選択的海馬扁桃体摘出術（ＴＳＡＨ）は、側頭葉てんかんに対して側頭葉内側構造を選択的に摘出する手術法だ。シルビウス裂を大きく開放し、狭い術野で海馬周辺の神経や血管の剥離を行わなければならないなど手術操作は難しいが、前側頭葉切除による海馬扁桃体摘出術後にみられる同名半盲が出現しないことや言語中枢を損傷する可能性が少ないことがメリットとして挙げられる。

ダイちゃんこと榎本大二郎、若干二十八歳は、栄北福祉大学二年生の時にこの手術を受け、一年間休学したものの無事卒業して、現在、ヒマラヤ病院で精神保健福祉士として働いている。後遺障害として軽い構音障害が残った。そして時々、フラッシュバックのように奇妙な夢を見るのだった。

精神保健福祉士の仕事がどのようなものかというと、一般的には、精神障がい者及びその家族からの相談を受け、助言をしたり、適切な訓練を行うことだ。もう少し詳しく説明するなら、医療費や生活費に関する公的支援制度を紹介したり、会話の練習などの社会復帰のための日常訓練や就労支援、さらに就職してからの職場への定着支援までとやるべきことは多い。現在では、精神障がい者に対する支援の目的も入院医療中心から地域生活中心へと移行しており、精神保健福祉士の役割も、地域や家庭、職場、学校などとの連携が重視されるようになっている。

まあ、一般論はひとまず置いて、ここヒマラヤ病院では、心理士のシゲさん同様になんでもこなす便利屋的な存在だった。というか、ベテランのシゲさんが臨床心理士のプライドなどどこ吹く風で、大工仕事から畑仕事まで何でもこなしているので、新参者のダイちゃんもおのずから何でもやらないわけにはいかないのだった。この点で、ダイちゃんは口にこそ出さないが、シゲさんのことを恨んでいた。元来生真面目なダイちゃんは、業務範囲をキッチリと区切って、その中でバッチリと仕事をしたい人なのだ。

この間の「平成の山下清」展のこともある。シゲさんが勝手に思いついて自分でやる分にはいいけれど、決まってこちらまでお鉢が回ってくるのだ。展覧会場の玄関を飾ったシダーローズによる権田原病院長とキヨシの似顔絵だってシゲさんが手を動かしたのは下絵だけで、それ以外は全部「自分がやったのですう」とダイちゃんは恨めし気に主張している。

前話をお読み逃しの方のために簡単に説明すると、ダイちゃんこと榎本大二郎は、戦前からの歴史ある「精零会権田原記念脳神経科病院」通称ヒマラヤ病院に勤務する精神保健福祉士であり、ヒマラヤ病院では、昨年秋に権田原病院長のちょっとした思い付きで入院患者の一人であるキヨシをサヴァン症候群に仕立てて、近所の公民館で「平成の山下清」展を開催したのだった。その後、キヨシの脱走事件やアルバイト医師による無資格診療問題が発覚して一時混乱に陥った病院が、いまようやく以前の落ち着き—入院中の自称詩人が「深い淵のよどみ」と表現した—を取り戻しつつあった。権田原病院長自身におそらく双極性障がいの気味があって、時々こんな無茶な企画を思いついては職員を右往左往させるのだった。

若くてハンサムで素直な大二郎は、患者にも患者の家族にもスタッフにも、大概の女性にはもてていた。しかし、大二郎自身は大変な奥手で三十歳を前にして彼女の一人もおらず、それどころかいまだに童貞でさえあった。ダイちゃんは手術の後遺障害でちょっと舌足らずだった。そこがまた可愛いと評判ではあった。しかし、本人はますます内気になっていた。おまけに、大二郎の心の奥底には性に対するどうしようもないためらいがあった。何かのトラウマかも知れないが、彼自身にもよく分からなかった。自己肯定感がとてつもなく低い大二郎だった。

そんなダイちゃんが最近恋をしているらしいとの噂が病院内に広まった。その噂を最初に立てた人間の見当は容易についたが、噂話は退屈な入院生活の慰謝の一つとして実害のないものは見逃されていた。勿論、スタッフと患者との恋愛はタブーである。患者同士の恋愛もタブーである。スタッフ同士の恋愛はどうかというと、これもやはりタブーだ。抑制の利かなくなった恋の当事者たちは、「どうしてもしたいのでしたら、退院してもらいますよ」あるいは「今すぐに辞表をお出しなさい」と看護師長からきついお灸をすえられることになる。

大二郎の密かな恋心のお相手は、女優の釈由美子嬢激似の、本名よりも「釈ちゃん」と呼ばれることの多い看護師の火鳥（かとり）カオリだった。彼女には、ヒマラヤ（病院）の女王とか氷の女とかシンS嬢とかいう別名もあった。彼女のつんと突き出したきれいな鼻筋を廊下の端から一瞬見ただけで大二郎の心臓はぴゅんと高鳴った。口さがない連中は整形云々を口にしていたが、幸い大二郎の耳には届いていない。また、彼女には、院長とできているという噂もあった。大二郎の思いの到底届く相手ではないのだが、恋は盲目である、止めることなど誰にもできない。

しかし、大二郎はいざカオリと話す機会が生じても、顔を真っ赤にさせて、いよいよしどろもどろになるばかりだった。男の患者たちは、そんな彼を「赤ピーマン」略して赤Pと呼び、女の患者たちは、カオリに対して過剰なまでの敵愾心を抱いていた。

ところでそんな大二郎には、夢が二つあった。一つは、もちろん看護師の「釈ちゃん」こと火鳥カオリと結ばれること。この夢についていては、病院中の誰もが知っていた。しかし、もう一つの夢についていては、まだ誰にも知られていない。作者も今日初めて書く話である。大二郎のもう一つの夢は、捕鯨船の船員になって巨大クジラを仕留めることだった。友達の一人もいない少年時代にメルヴィルの「白鯨」を読んで感動したことがきっかけだった。

「白鯨」の主人公は、モビィ・ディックと名付けられた白いマッコウクジラにかつて片足を食いちぎられて復讐の念に燃える船長のエイハブだ。何年にもわたる捜索の末に日本沖でディックを発見する。そして、死闘の末にエイハブは海底に引きずり込まれ、捕鯨船ピークォド号はあえなく沈没してしまう。

ダイちゃんは、復讐の鬼と化したエイハブと悪魔のごときディックの戦いに子供ながらに心を鷲掴みされてしまった。但し、あこがれたのは、船員のスターバックだった。

自分もいつかはスターバックのような格好いい捕鯨船の船員になって大海原を駆け巡り、でっかいクジラと命を懸けた戦いをしてみたいとダイちゃんは子供心に思ったのだ。しかし、残念なことに今現在日本では商業捕鯨は行われていない。わずかに調査捕鯨が行われているだけだ。日本政府から特別許可証を発給された財団法人日本鯨類研究所が、共同船舶株式会社と一般財団法人地域捕鯨推進協会に調査捕鯨を委託している。十二月から三月にかけて南極海で、六月から九月にかけて北西太平洋で調査捕鯨は実施されている。

大二郎は、今の仕事に就いてから一度だけ密かに共同船舶株式会社の船員募集に応募したことがあった。各種資格や乗船経験が不要な製造部員にだ。しかし、書類選考で落とされた。落とされた原因を勇気を奮って聞いてみたが、教えてはもらえなかった。こうなったら水産大学に入り直して機関士の資格でも取ってやろうかとも考えたが、経済的にそんな余裕はなかった。母一人子一人の榎本家なのだ。高校生の時に下した進路選択を今さらながらに後悔したのだが、思い起こせば高校生の時にはとても遠洋航海に従事できる体調ではなかったのだ。

2　夏祭り近づく

地域に根差した医療を標榜するヒマラヤ病院では、毎年七月下旬に住民参加のサマーフェスティバルを開催していた。昨年、病院の近所に配られたビラを見てみると、オープニングは、権田原病院長の挨拶に始まり、その後に患者有志による和太鼓の演奏が披露された。そして、オープニング行事終了と同時に玄関前駐車場は模擬店の会場に早変わりする。チケット制で、入院患者にはあらかじめ千円分のチケットが渡されており、来場者は当日チケットを購入する。焼きそば、唐揚げ、フランクフルト、フライドポテト、ジュースなどが売られている。病院からは、患者が作業療法の一環で作った野菜やシダーローズが格安で出品されている。簡易健康診断やヘルスケアチェックも勿論やっている。地域包括支援センターの協力で認知症ミニカフェと称した相談会も行う。院長によるマジックショーも恒例だった。五年ほど前までは餅撒きもやっていたが、患者同士の喧嘩に発展したことがあって、現在では取り止めている。キッズコーナーも設けて、輪投げやスーパーボール掬い、かき氷のサービスがある。盛り沢山の内容だったが、例年のことなので粛々と準備が進められていた。

大二郎の担当は、模擬店の手配・管理と患者有志による和太鼓演奏の取りまとめだった。模擬店の飲食に関しては、出入りの給食業者に全て任せていたので心配はなかった。問題なのは、和太鼓の演奏だった。去年までは、春先になるとふらっと入院して、二ヶ月ほどの療養で元気を取り戻し、そこから祭り本番まで指導してくれるアルコール依存症の患者がいたのだ。名前を熊田犀湖と言い、日本で二十いくつかある和太鼓演奏のプロ集団の中でも老舗の「DONDOKO座」に所属し、病気になるまではセンター（音頭取）を務めていた。和太鼓界のレジェンドの一人で海外にも名前が知られていた。このような素人興行でレジェンド本人が演奏することはなかったが、なかなか熱心な指導振りで、指導を受けた患者の中からこれまでに二人も病が寛解した後に本物の和太鼓集団に参加した者がいたくらいだ。ところが、その熊田が今年に限って五月になってもまだ入院してこないのだった。一座のホームページを見ても、去年まではかなり大きく載っていた熊田の名前が今年は消えていた。

大二郎は、アフターフォローの名目で聞いていた熊田の連絡先に電話を入れてみたが、電話は使われていなかった。DONDOKO座にも聞いてみたのだが、「退団しました。行方は知りません」とけんもほろろな返答だった。仕方がないので今年は和太鼓は止めてしまおうと院長のところへ相談に行ったのだが、自称臨床心理士のシゲさんがたまたま居合わせていて、「じゃあ私が指導しましょうか」と言い出したものだから、売り言葉に買い言葉で「いや僕にやらせてください」と見得を切ってしまったのだ。今となっては、あんな挑発に乗らずにシゲさんに任せておけばよかった、と後悔しきりの大二郎である。

去年太鼓を叩いた五人の患者のうち二人がまだ入院していた。吉田さんと若林さんだ。最低あと二人、できれば三人欲しかった。誰に相談しようか、シゲさん以外の誰に。悩んだ末に思い切って、華厳の滝からバンジージャンプするつもりで看護師のカオリに相談してみた。「そんなの知らないわよ」と言下に断られるものと思っていたが、虫の居所が大層良かったらしく相談に乗ってくれた。

「そうねえ。あと二人なら教授と将軍はどうかしら」

教授というのは、蛍商科大学元教授を自称する人物で、ヒロシ先生にはなぜか辛辣な態度をとっていたけれど、他のスタッフにはいたって紳士的な患者である。前話未読の読者のために改めて紹介しておくが、ヒロシ先生は、偏差値は日本で一番低いが学費は一番高いかささぎ医科大学の出身で、五度医師国家試験に落ちた末に死のうとしているところを偶然（なんという偶然！）権田原病院長に助けられて、当病院で補助者として働きながら国試に挑戦中の身だった。ところが、ある書類にうっかり医師として署名してしまったことから医師法違反に問われてしまったのだ。結局、情状酌量の余地ありということで不起訴になり、今ほとぼりを覚ましている最中である。どうも教授が警察にチクったのではないかと言う噂が一時病院内に流れたが、真偽のほどは明らかでない。

将軍は、病状は安定しているけれど、少し剣呑なところがあった。どう見ても日本人そのものの背の丈、顔立ちなのだが「ロンメル」を名乗り、密かに独裁者の暗殺計画を練っていた。独裁者が誰なのかは、誰も知らない。

「カ、カオリさんもたた、叩いてみませんか」ナイアガラ瀑布に飛び込むつもりで誘ってみた。カオリは、意味深な微笑を浮かべて「叩くのは嫌いじゃないけどね」

「でひ、お願いしまつ」と大二郎。もはや完全に呂律が回らなくなっていた。

「暇なときに顔を出すわね」カオリは、ほのかにいい匂いを残してその場を去っていった。

素直で真っすぐな大二郎の辞書に「社交辞令」という文字はなかった。有頂天のまま、太鼓経験者の二人とカオリ推薦の教授と将軍に次々に声を掛けていった。

「今日の七時からリハビリ室で太鼓の練習やりますから、絶対に出てくださいね」

大二郎は、第一回の打ち合わせに備えて、既に見飽きるくらい見ていた去年の夏祭りの映像をもう一度見直すことにした。シンプルでいて動きのある「若鮎清流登り打ち」だ。横一列に人数分の太鼓を置いて、前半は自分の目の前の太鼓を叩き、後半にひとつずつ横にズレながら叩いていくのだ。この演目の一番いいところは、人数が多少減っても曲の構成を変える必要がなく、全員がほぼ同じ演技なので分からなくなったら隣の人の真似をすればよいことだった。しかし、それでも二ヶ月程度の練習は、最低限必要と思われた。

最初の練習日、夕食が終わってリハビリ室に顔を出したのは、二人だけだった。経験者の一人と「教授」の合わせて二人。最初くらいは全員で結団式めいたことをやりたかったので、大二郎は残りの二人を病室まで呼びに行ったが、残念ながら二人ともすでにベッドに潜り込んでいた。呼び掛けても何の反応もない。夕食後に飲む薬の作用によるものか、患者たちの夜はいたって早い。なんとかリハビリ室までやってきた二人も今にも瞼を閉じてしまいそうだった。

経験者の一人は、吉田さんと呼ばれるとてもおとなしくて小柄な男性だ。大二郎とは祭りのときにしか接点がなく、何の病気なのか見当がつかなかった。普段から農作業に従事しているせいか健康そうに日焼けしていた。まあそんな、病気は寛解したけれど行き場所がないために病院に留まっている人がここヒマラヤ病院にもいないわけではなかった。そんな人たちを社会復帰させることが大二郎の一番の仕事ではあったが、勤めていれば定年を迎えたほどの年齢の元患者が寄る辺ないまま世間の荒波に乗り出していくことに躊躇する気持ちが、大二郎にも十二分に理解できた。

一方、教授はと言えば、こちらもそろそろ老齢寛解を迎えていい年齢なのだが、未だに分厚い法律書を脇にたばさんで廊下を徘徊していて、事ある毎に自分の学識を披露せざるを得ない、ヒマラヤ病院における有名人の一人だった。

「大二郎君、夜は寝るためにあるのだよ。労働基準法にも『夜は寝るべし』と書いてある」と教授が弱々しく抗議するので、自分の仕事終わりに太鼓の練習をやろうとした大二郎の目論見は、もろくも崩れた。熊田犀湖が指導して患者同士で練習するのならば、朝でも昼でも好きな時間にやってくれて構わなかったけれど、大二郎には日中にこなさなければならない仕事が山のようにあった。しかし、夜の練習が難しいとなると、明日からは何としても本来業務を手早く終わらせて、仕事の合間に太鼓の練習をしなくてはならなかった。大二郎の嫌いな言葉第四位「融通を利かせる」を実践しなくてはならなかった。ちなみに嫌いな言葉の第三位は、「最後に愛が勝つ」、第二位は、「人間は生まれながらに平等である」、第一位は、「ナンバーワンよりオンリーワン」だった。努力もしないで安易にオンリーワンに自足しようという世間の風潮が、生真面目な大二郎には許せなかった。自分にも他人にも意外に厳しい大二郎だった。

院長や看護師長の了解を得たうえで、翌日から、日中にリハビリ室の片隅を借りて太鼓の練習を始めた。しかし、練習を始めてすぐにこのミッションのとてつもない大変さに気付かされた。経験者の二人が二人とも一年間のブランクを経て既にバチの握り方すら忘れていたのだ。大二郎だって教則本「和太鼓入門」を繙（ひもと）きながらの指導なのである。あとわずか二ヶ月間の練習で、映像で見た昨年と同程度のパフォーマンスができるようになるとは到底思えなかった。熊田犀湖の偉大さを改めて思い知った。あの流れるような動きの「若鮎清流登り打ち」なんて夢のまた夢である。

3　クレーム処理係

「Sさんが九チャンネルにまた変な書き込みしているみたいよ。ちゃんとフォローしてあげてね」

夕方のカンファレンスの時に看護師のカオリからそう指示を受けた大二郎だった。二十一世紀になって五年が過ぎたが、ヒマラヤ病院はまだまだデジタル化の恩恵を受けていなかった。けれど、比較的若い患者の中にはネット上の怪しげな掲示板に自分の主観をツバでも吐くように書き込む連中が出現していたのだ。うつ病で通院中のSさんもその一人で、様々な不平不満をネット上のごみ箱にぶちまけていた。どうやら病院からの帰り道に、最近ロードサイドに増殖中のネットカフェに立ち寄って、本日の感想を投稿しているようだった。直近の書き込みは、「こんな病院二度と行くものか。医師はポンコツで、薬の副作用について何の説明もしない。保健福祉士はシロートで、全然話にならない」うんぬんかんぬん。抗うつ薬の一部には、なるほど高血圧を誘発するものもあるけれど、あなたの高血圧は絶対に肥満が原因だからね。以前にも「受付時間が長すぎる」とか「看護師の態度が生意気だ」とか様々なクレームを書いていた。病院には患者を選択する権利がないことをいいことに、あることないこと言ってくるのだ。身体的又は精神的に困ってやって来る（本人は何も困っていないというケースが多いのも事実だが）患者様を助ける（一時的にせよ）ことが病院の使命であり存在意義であろうけれども、だからと言って、そんな話を自分に振られても困るわけで。

「ダイちゃん、聞いてる？」

「分かりました。ネットの方は、いつものように目立たなくしておきます」

掲示板の主催者に根拠のない中傷記事だからと削除要請しても簡単には応じてもらえない。そんな時には全然関係ない記事をがんがん投稿して、該当投稿を埋もれさせてしまうのだ。いちいちアカウントを変えての投稿は時間がかかるし、しょせんはイタチごっこなのだけれど、今のところこれが考えられる最善の手だった。

午後五時にカンファレンスが終わると、家庭持ちで非番の看護師たちは慌ただしく帰って行った。独身でしかも病院敷地内に建つ職員寮に寝起きする大二郎は、しばらく事務処理をした後、職員食堂で入院患者用の夕食に口をつけた。大二郎の住む職員寮は、鉄筋コンクリート造り全八室で、十五年ほど前までは全室埋まっていたのだが、今や築四十年を経過して老朽化が激しく大半が空室となっていた。夕食後、カンファレンスの時にカオリに請け合ったネット掲示板の水増し作業をやり終えて寮に戻ったのが午後十時過ぎだった。すぐに風呂に入り、風呂上りに缶ビールを一本飲んだのだが、クレームのことやうっかり引き受けてしまった和太鼓の指導のことが頭の中に渦巻いて、なかなか寝入ることができなかった。

翌日の昼下がり、院長室で大二郎は、権田原病院長と対峙していた。

「先生、今朝もまた妙な夢を見てしまいました」と大二郎。月に一回彼は、院長からカウンセリングを受けていた。この春まではヒロシがカウンセラーだったのだが、ヒロシは現在謹慎中の身で、カウンセリング自体は何の資格が必要というわけではないのだが、これ以上の疑念を抱かれないように全てのシフトから外れて国試の勉強に専念していた。ヒロシからは心理士のシゲさんへの担当変更を提案されたのだが、それだけは断固として断ったところ、なんと院長がカウンセラーを引き受けてくれたのだった。

「宴会で靴を盗まれちゃうやつ？」と相談票を見ながら院長が聞く。

「いえ、それとはまた違います。あるところに子供のない老夫婦が住んでいました。子供を恵んでくださいと近所の神社に詣でると、とても頭の大きな子供を授かりました。子供は『でかあたま』と呼ばれ、みんなからいじめられました。ある日、でかあたまは、『よし、うんと金持ちになってバカにした連中を見返してやろう』と東京に出ていきました。東京で大きな立派な屋敷を見つけ、頼んでそこで働かせてもらいました。その家の娘の運転手としてパワースポット巡りをしている時に、背の高い若い男が娘を誘惑してきました（これは院長にも言えなかったのだが、娘の顔立ちは看護師のカオリに酷似していた）。でかあたまは、勇敢にも娘を車に連れ戻そうとしたのですが、あろうことか娘は、若い男と一緒になってでかあたまをぼこぼこにしました。でかあたまは、屋敷に戻ることもできずにホームレスになりました。その後、でかあたまは、若い男が落としていった学生証を使って大学生になりすまして娘を奪い取ろうと試みましたが、返り討ちにあい、さらに頭が二倍になるほど痛めつけられてしまいました。で、今朝目が覚めてみると鼻詰まりの上に本当に頭が痛いんです。鎮痛剤を飲んでも収まらないのです。僕は一体どうしてしまったのでしょう」

「ダイちゃん、そりゃ君、おそらく副鼻腔炎だよ。耳鼻科で一度診察してもらいなさい」

権田原病院長は、寂しく笑いながら大二郎にそう告げたのだった。

4　太鼓の練習（1）

なんの気まぐれだろうか、看護師のカオリが今日から太鼓の練習を手伝ってくれることになった。看護師長の許可を得ていると言う。そんな話があっと言う間に病院中に広まり、四人の患者奏者は時間に遅れずにリハビリ室に集まり、いつもなら談話室で所在なげにぼおっとしている男性患者の何人かが見物に来ていた。大二郎の気合の入れようも相当なもので、いつもの作業着ではなく祭り本番で着る法被を着こんでいた。本人は似合っているつもりだが、いかにも寸法が短く、見学者の失笑を買っていた。

練習は、いつものようにリハビリ室の片隅で練習用の太鼓を使って行った。リハビリ中の患者の迷惑にならないように皮がシリコン製でわずかな音しか出ないものだ。一時間ほど乱暴にバチを振り回しているうちに去年まで名人熊田犀湖の薫陶を受けてきた二人は、ある程度の感覚を取り戻したらしい。しだいに腰の位置が下がり、腕と太鼓の角度が三十度になり、基本のリズムが刻めるようになった。もうこの二人に任せてしまおうかと一瞬考えた大二郎だったが、カオリにいいところを見せたいという思いの方が強かった。少なくとも自分だけはカオリの応援を受けて上達したいと思った。しかし、あまりにもカオリの方をチラチラ見ていたので、五人の中でもっとも上達が遅い大二郎だった。

和太鼓には、据え置き打ち、やぐら打ち、斜め打ち、横打ち、座奏打ちなどの打ち方がある。毎年、ヒマラヤ病院の夏祭りで披露しているのは、五人前後の奏者による据え置き打ちだ。入院患者の集団なので、毎年半分が新メンバーになる。新メンバーに対しては、バチの持ち方、構え方から教え込まなくてはならない。彼らは、総じて執着心は強いけれど、持続力には恵まれていなかった。かつて、権田原病院長の発案で、和太鼓の演奏を一種の作業療法として導入しようとしたことがあったが、これといった成果を見るには至らなかった。練習用の太鼓などは、この時に購入したものだ。

据え置き打ちの基本姿勢は、足を肩幅の倍ほど開いて、軽く腰を落とす。へっぴり腰にならないように真っすぐに立つ。手の延長になるようにバチを持ち、上に真っすぐ伸ばす。太鼓との距離は、太鼓の中心に打ち下ろした時に、太鼓面とバチ先が三十度の角度になるように取る。

打ち方の基本は、打撃を伴うスポーツ全てに共通することだが、手先だけで打たず、全身を使って打つこと。そして、バチが太鼓面に当たる瞬間に手首を返し、当たったらすぐに引き上げる。バチの振り降ろしと振り上げは、肘をまっすぐにして半円を描くようにすることが肝心だ。

なんとか目をつぶっていても正しい姿勢が取れるようになったら、今度は基本的なリズムの刻み方を体に沁み込ませなくてはならない。和太鼓のたて打ちの基本的リズムは、次の四つだ。「ドコドン」と「ドンドコ」と「ドコンコ」と「ドコドコ」。例えば、「ドコドン」は、右手で「ド」を叩き、同時に左手は抜き手で中段の位置まで上げたら握り手に持ち替えて「コ」を打つ。次に、右手を握り手にして「ドン」を打つ。「ドン」を打ったタイミングで貫手の左手を中段位置まで上げる。「ドコドコ」の場合は、「ド」（右手・貫手）、「コ」（左手・貫手）、「ド」（右手・握り手）、「コ」（左手・握り手）の順番に叩く。最初の「ドコ」で上体をやや後ろにそらし、次の「ドコ」で前かがみになるのだ。

この基本四リズムの練習だけで、初心者組の三人は、貴重な一週間を費やしてしまった。最初のうちこそ興味津々で見に来ていた見物人も単調なリズムの練習に飽きて、日を追うごとに減っていき、ついには一人もいなくなってしまった。

5 共同作業所にて

月に一度から二度、地域連携の打合せに出席することも大二郎の大切な仕事の一つである。今日は、地域の共同作業所の翌年度の年間事業計画作成に関する打ち合わせに、補助金を出している行政側の保健所の職員とともに、関係医療機関として、オブザーバー的な立場で参加していた。

共同作業所は、障がい者の自立支援を目的に設立・運営されている。障がい者の家族会が運営主体である場合が多い。知的障がい、精神障がい、身体障がいと障がい別のものが多いが、混合的なものも珍しくない。本日参加した梅野木坂共同作業所も精神障がい者が中心だが、脳卒中の後遺症の人や若年性アルツハイマー症の人も一緒に働いていた。現理事長の山村田梅男市議の妹さんが統合失調症で彼女の病院以外の居場所を作るために、私財を投げうって三十年以上前に立ち上げたものだ。二十一世紀に入り、NPO法人化して作業所の規模も内容も随分と充実したが、きっかけになった妹さんは三年前に交通事故で亡くなっていた。

精神障がい者対策における最大の課題は、「受入条件が整えば退院可能な者」の解消である。入院患者のおよそ二割が退院可能な者と言われる。例えば、がん患者ならば手術が成功すれば、自宅療養に移行してやがて職場復帰ということになろうが、精神障がい者の場合は、入院前に既に社会的生活から解離してしまっている場合が多いので、入院治療により病状が安定したとしても社会に戻ることは難しい。障がい者自立支援法という法律ができて、障がい者が地域で安心して自立して暮らせる社会を実現するという理念を掲げ、障がい福祉サービスの提供責任が市町村にあることは明確化されたが、常に予算の制約がつきまとい、ひいき目に言っても改善スピードは非常に緩やかである。

梅野木坂共同作業所の毎日の主な活動は、オリジナル製品の作成と他の製造業者の部品組み立てを行う内職仕事の二種類である。様々な種類の作業があるので、通所者の特性や好み・性格にあったものを選ぶことができる。また、自立プログラムとして軽作業以外にもミーティングや清掃、食事作りがある。年間行事としては、駅前清掃などの地域交流活動とお花見や旅行などのレクリエーション活動、他作業所との交流ソフトボール試合などが実施されている。

作業所のオリジナル製品は、手作りクッキー・パンといった食品と石鹸、ビーズアクセサリー、やぎさんタオルなどの日用品だ。食品は、製造も販売もメンバーが行っている。石鹸やタオルは、行政主催の各種イベント会場で販売している。

内職仕事というのは、他の製造業者から受けた委託業務のことだ。部品の組み立てが主な作業で、梱包用テープの巻き込み・袋詰めやボールペンの組み立てなどがある。いずれの作業も作業自体は難しくないが、作業効率向上のために何人かで組んで行っている。

これだけ頑張っていても、通所者に渡せる工賃（賃金ではない）は、せいぜい月に一万円から一万五千円だ。障がい年金が年間八十万円弱なので、年金と工賃だけで自活することは難しい。

本日の打合せの眼目は、簡単に言えば、なんとかあと二千円、できれば五千円工賃を増額できないだろうか、そうできるようなもっと歩合のいい仕事はないだろうか、ということだった。参加者からは色々なアイデアが出されたが、二番煎じ的なものが多かった。市のゆるキャラをデザインしたオリジナルのポストカード作りであるとか、香辛料いっぱいのオリジナルカレーであるとか。予定時間になったので、作業所の職員が実現の可能性を検討し、次回に諮るということで会議は終わった。そして、会議終了後に大二郎は、通所者の作業風景を覗きにいった。

実は、大二郎が今日この作業所に来た目的がもうひとつあったのだ。三ヶ月前に退院して、現在この作業所で働いている桂木君の具合を確認することだ。桂木君は、大学二年生のときに病気が明らかになった。恋愛妄想だった。ストーカーのようなことをして警察沙汰になり、家に呼び戻され入院させられた。約一年間の入院加療で妄想は消えたが、もう少し様子を見てから復学の是非については検討しましょうということで、現在まだ休学中の身だった。

桂木君は、他の作業者からは少し離れた場所で黙々とボールペンの組み立て作業をしていた。鮮やかな手さばきだった。彼の手先を見ているだけで、なんとはなしに大二郎の心は躍った。このリズム、まさしく和太鼓のそれだ。あっというまに彼の前に完成品のボールペンの山が出来ていった。大二郎は、彼が山になったボールペンを段ボール箱に移す隙を見計らって、彼に声を掛けた。

「桂木さん、こんにちは」ちらと大二郎の方に目をやったが、桂木君の反応はそれだけだった。大二郎は、少しあわてて言葉を継いだ。

「とっても元気そうだね。上手だね。物凄く早いね。まるで太鼓を叩いているようだね」と誉めると、ようやく桂木君は手を止めて、大二郎を正面に捉えた。

「桂木君に手伝ってもらいたいことがあるんだ。今年もさ、病院の夏祭りで太鼓を叩いてくれないかな」大二郎は、必死の気持ちを込めてお願いしたのだが、桂木君は、無言のままボールペンの部品の山に視線を戻し、二度と大二郎の存在を認めることはなかった。

6　太鼓の練習（2）

祭り本番まで残り二週間を切った。もうほとんど時間的余裕がないので、駄目でもともとで予定演目の「若鮎清流登り打ち」をやってみることにした。この曲は、ある教則本によれば、川面を叩く梅雨の雨音や雷鳴、増水した流れを乱れ打ちで表現し、雨が止んだ後に清流を踊りはねながら遡上する若鮎の姿を、体のひねりや移動しながら打つパフォーマンスで表現しているとのことだ。最初から最後まできっちりやると約十分はかかるらしい。しかし、これまでの夏祭りで披露してきた曲は、熊田犀湖の手によって大胆にアレンジされたもので、三分程度にまで圧縮されていた。最初の一分間ほど、奏者が各自の前の太鼓を乱れ打って、その後横移動して全ての太鼓を二回転打ち渡り、最後にもう一度整列して各自の太鼓を打つ。太鼓を渡り歩く時には、右手で左の太鼓を叩き、左手で右の太鼓を叩くのだが、これが予想以上に難しい。最初は、叩くことに精一杯で横移動ができない。無理やり移動しようとすると足はもつれ、バチを落とし、ついには隣の人間を弾き飛ばす始末。

そんなこんなのドタバタを二日経験してようやく大二郎は、悟ったのだった。そうか、初めから一緒に動けるわけないよな、と。

「ひとりずつ、ゆっくりと動いてみようか」

練習の効率は非常に落ちるが、やむを得なかった。急がば回れである。座右の銘の二番目に加えておこう、と大二郎は心にメモした。

「そう、そう、その調子」今日は、カオリの応援がないので、大二郎は落ち着いて指導することができた。その日の練習が終わる頃には、経験者の二人はまがりなりにも最初から最後まで打ち切ることができるようになっていた。しかし、新人の二人（大二郎を含めると三人）は、まだ全く駄目だった。移動して打つどころか、最初の乱れ打ちのパートさえ、覚えられずにいた。カオリの推薦でこの二人に頼んでしまったけれど、もう少し若手を選んだ方がよかったのではないか。そんな後悔の念さえ感じ始めていた。

夏祭りまであと一週間を切ったので、そろそろ本物の太鼓で練習すべきかと大二郎は考えた。和太鼓を含めて夏祭りで使用する機材は、市の有形文化財に指定され、権田原家の出自を物語る酒造場の建物の隣に建てられた二階建ての倉庫に納めてあった。事務長から倉庫の鍵を預かったのが午後の四時だったが、緊急入院する患者の対応に追われて陽があるうちに倉庫に行くことができなかった。明日も朝から予定が詰まっていたので、今晩中に運び出しておきたいと大二郎は思い、歯ごたえのない夕食を食べた後、懐中電灯を持って外に出た。病院の外周を今や高さ三十メートルを超えるヒマラヤスギが取り巻いていて、ヒマラヤ病院という通称の由来になっていることは前話で既に述べたが、病院の敷地内にも至る所にヒマラヤスギであるとかメタセコイアであるとかホルトの木であるとか、前院長の趣味で高木が植えられていた。倉庫のすぐ脇にも一本ヒマラヤスギの巨木が植わっていた。他の木と同時期に植えられたはずだが、この木一本がひときわ大きく成長していた。口さがない連中が、木の下に死体が埋まっているだとか、いやクジラの死骸があるに違いないとか噂をするほどだった。また、最近では、この木の下で誓い合ったふたりは永遠に結ばれる、と言い出す者も現れたが、こちらはあまり信じられていなかった。実は、院長の命令で、大二郎が匿名でネットに投稿した記事が出所なのだ。

怖がりの大二郎が懐中電灯の細い光を頼りに倉庫に近づいていくと、その光に気が付いたのか、ヒマラヤスギの陰に回る人影があった。逆に大二郎が驚いてとっさに懐中電灯の光をヒマラヤスギの根元に向けたのだが、一瞬女の白い足が浮かんだだけだった。しかし、その一瞬だけで大二郎には十分だった。カオリだ。あの脚は間違いなくカオリの脚だ。見間違えようがない、カオリの細くしなやかな白い脚。隣にいた男は誰だろう。カオリより頭一つ高いようだったが、暗くて全く見分けがつかなかった。大二郎の心臓は、ぎゅっと何者かに強く掴まれた。きっとシュン先生だろう。そういえば最近、シュン先生とカオリが話し合っているところをやたらと目にしているような気がする。シュン先生は、大二郎の印象では、去年まではヒロシ先生の同僚の一人に過ぎなかったのだが、ヒロシが自滅してしまった現在、このヒマラヤ病院にとってなくてはならない存在にのし上がっていた。ヒロシの悪口を言う訳ではないが、シュン先生はヒロシとは違って、私立ではあるがかなり上位に位置する医学部の出身で、父親は某国立大学の医学部教授と噂されていた。どうしてそんなエリートがこんな地方の一民間病院に勤務しているのかと言うと、やはり訳があった。訳アリの身であることは、病院の全スタッフが知っていたが、院長を除いてその真相を知る者はいなかった。噂はいくらでもあった。アメリカ留学中に未成年者を妊娠させてしまい、うまく別れたつもりが日本まで押しかけられてしまい国際問題にまでなりかけたという、森鴎外の舞姫を模した時代錯誤な話から、とんでもない医療過誤を起こして日本国中を逃げ回っているといったヨタ話まで。しかし、普段のシュンにはそんな暗い影は微塵も感じられなかった。快活で女好きのごく平凡な若手医師だった。大二郎は、最近になって密かに彼のことをライバル視するようになったが、無論シュンにそんなつもりは毛頭なかった。シュンはシュンで、この時一つの大きな悩みを抱えて苦しんでいたのだが、そのことについては次話以降で触れられたらと思う。

カオリとシュンの逢引きを見てしまったと思い込んだ大二郎は、その日はもう太鼓の準備どころではなかった。記憶のないまま自室のベッドに倒れ込み、わんわんと泣きじゃくった。

次の日、和太鼓の練習を患者だけに任せて大二郎は、リハビリ室に寄り付かなかった。それほど落ち込んでいたのだ。缶チューハイを二本飲んで、午後八時にはもうベッドに潜り込んだ。その深夜、大二郎は、耐えがたい頭痛に襲われて目を覚ました。枕もとの目覚まし時計を見るとまだ午前二時を回ったばかりだった。耳鳴りも常に増してひどかった。ヒロシ先生も耳鳴りに悩まされていて、以前たしか、「耳鳴りの大きさを測定できる機械がいまだにないのは、耳鼻科医の怠慢だ」と怒っていたな。いまや雑役夫に成り下がったヒロシに対して、ヒロシ先生と尊称で呼ぶのは大二郎くらいなものである。鼻うがいをしたうえで、市販の鎮痛解熱剤を二錠飲み込んだ。目が冴えて眠れなくなった。スタンドの灯りをともして枕もとの読みさしの文庫本に手を伸ばした。堀辰雄の「風立ちぬ」だ。風立ちぬ、いざ生きめやも。何度も読んだくだりを睡眠薬代わりにもう一度読み進めていった。カオリのスリムな後ろ姿と白いうなじが脳裏に立ち上がってきた。こちらを振り向いたような気がしたところでようやく眠りに落ちた。

朝起きて、まだぼんやりとした痛みが鼻奥に残っていたので、午後に時間休をとって耳鼻科を受診することにした。「十六丁目耳鼻科」と少し怪し気な医院名だが、ネット上の評判は悪くなかった。朝一で電話予約をしておいたが、それでも小一時間待たされた。待合に十人、中待合に五人、診療室に三人となかなかの繁盛ぶりだ。そのため、前の人の医師とのやりとりが直に聞こえてくるので、プライバシーも何もなかった。大二郎の直前の患者は、きちんと服薬していなくて叱られていた。四十代半ばのコミュニケーション能力が高そうな耳鼻科医で、大二郎の得意なタイプではなかった。

ようやく大二郎の名前が呼ばれた。医者との問答は省略するが、結局のところ顔面のレントゲン写真を撮られて、院長の見立てどおり副鼻腔炎と診断された。

「現在の症状は副鼻腔炎によるものですが、他の疾患の可能性もあるので総合病院で一度詳しく検査してもらってください。紹介状を書きますから、なるべく早く行ってくださいい」と言われ、不安な気持ちと紹介状をジャケットの内ポケットにしまって大二郎は職場に戻った。「他の疾患て何ですか」と聞きたかったのだが、次に待つ幼児があまりにぐずっていてとても聞ける雰囲気ではなかった。とりあえず処方された鎮痛解熱剤と抗生物質を服用し、市民病院へは夏祭りが終わってから行くことにした。

しかし、捨てる神あれば拾う神ありということだろうか、悪いことばかりではなかった。耳鼻科での診察を終えてヒマラヤ病院へ帰ってみると、玄関を入ったところで早くも太鼓の軽快な音色が聞こえて来た。取るものも取り敢えずリハビリ室へ急ぐと、なんとレジェンド熊田犀湖が太鼓の練習の指導をしているではないか。カオリも練習を見守ってくれている。

「熊田さん、どこにいらっしゃったのですか。どれだけ探したことか」感激屋の大二郎の眼から大粒の涙がこぼれ落ちた。

本物の太鼓は、大二郎が病院を留守にしていた間にカオリの差配でリハビリ室に運び込まれ、犀湖の指導の下、早速練習に使われていた。大二郎も輪の中に入り、足を引っ張りながらも、みんなに追いつこうと必死で頑張った。太鼓のリズムが体に移ったのか、朝までひどい頭痛であったことや何が書いてあるのかとても不安になった紹介状のことなどすっかり忘れ去って、ここしばらく感じたことのない高揚感に大二郎は包まれていた。

7　夏祭り本番

梅雨明けが異常に遅い年だったけれど、梅雨が明けてからは、「梅雨明け十日」と呼ばれるように勢力が強まった太平洋高気圧に覆われて夏らしい安定した晴天が続いていた。

祭り当日も雲一つない快晴で、開会時間の九時には、既に温度計の数字は「29」だった。

「病院長の権田原です。長かった梅雨もようやく明けて誰もが待ち望んだ夏の季節がやってきました。本日は、この青空の下、大勢の皆さんをお迎えして、第二十二回権田原病院祭が開催できますことを関係者一同大変に喜んでおります。

今年の病院祭のテーマは、『みんなで作ろう地域の輪』です。明るい笑顔と元気なあいさつで、お客様、ボランティアの皆さん、職員がひとつの輪につながることが出来ればと祈念しております。

最後に、今回の病院祭の開催にあたってご協力いただきました地域の皆様には、心より御礼申し上げます。本日は、大変に暑い日になることが予報されております。どうか皆さん、熱中症だけにはお気をつけて、楽しい一日をお過ごしください」

院長による至極まっとうな開会宣言が終わると、いよいよ太鼓の出番だ。院長の背後に控えていた五人の法被姿の男たちがすっとあらかじめ並べてあった太鼓の後ろに立ち、何の挨拶もなくいきなり演奏を始めた。突然の大音響に泣き出す子どももいたが、皆の眼は演奏に釘付けになった。

祭りは、盛況のうちに幕を閉じた。大二郎よ、あとは行動あるのみだ。

祭りの前日、大二郎は思い切ってカオリにショートメールを送っていた。

「祭りの打ち上げが終わった後に、倉庫の隣のヒマラヤスギの木の下へ来てくれませんか。大事なお話があります」

手練手管を知らない大二郎にとってそう書くのが精一杯だった。五時に祭りが終わり、二時間ほどかけて後片付けをし、その後に職員食堂でささやかな打ち上げがあった。大二郎は、乾杯のビールは飲んだけれど、その後はいくら勧められても飲まず、打ち上げ用に取っておかれた焼きそばやフランクフルトも全く喉を通らず、時々目の端でカオリの姿を探しては、ただ時間ばかりを気にしていた。家庭を持つ職員は、折詰を作って早々に帰っていく。お酒が入って、院長とシゲさんが大きな声で話している。事務長が看護師長に連綿と酌をしている。隅っこでヒロシ先生が焼きそばをまるでスパゲッティのように箸に絡めて食べている。カオリは……カオリはいなかった。シュン先生もいない。大二郎は、慌てた。院長との話を終えて、シゲさんが自分の方に向って歩いて来ていた。シゲさんに捕まったら、どれだけ時間を取られるか分からない。大二郎は、皆が驚いて振り向くほど大きな声で「ト、トイレに行ってきます」と叫び、食堂を抜け出した。

大二郎は、灯りを手に取る暇もなく、ヒマラヤスギの木の下へ急いだ。木に近づくにつれて心臓の高鳴りが大きくなっていった。暗闇の中に朧げに人の輪郭が見えた時には、心臓が止まりそうになった。近づくと、カオリがそこにいた。大二郎は、しばらく息を整える必要があった。一口だけ飲んだアルコールが、血流をぐっと良くしていた。おそらく真っ赤な顔をしていただろう。「練習手伝っていただいてありがとうございました」と か、会話のイントロダクションをいくつか事前に考えていないわけではなかったが、すべて消し飛んでいた。だから、いきなり、

「カ、カオリさん、ボ、僕と付き合ってください」と言ったきり、二の句が継げなくなってしまった。

「ダイちゃん、いくつ」

「二十八歳です。もうすぐ二十九になります」

「私は、もう三十三よ。あなたより五つも年上だわ」

「年齢なんて、ゼ、全然問題じゃないです」

「僕はカオリさんを愛しています」「お願いします」と大二郎は、瘧にかかったように続け様に自分の気持ちを吐き出して、カオリの手を取ろうとした。

その時、カオリの陰に隠れて見えなかったもう一人の人影がカオリの横に並んだ。

「あっ、熊田さん。なぜここに」大二郎には、事態が全く把握できなかった。

「ダイちゃん、ごめんね。私、熊田さんとお付き合いしているの」

「いっ、いつからですか」大二郎には、そう聞くのが精一杯の反応だった。

「もう二年になるかな。実は今度、熊田さんがアメリカのプロ太鼓集団に招かれてね、指導者として向うへ行くことになったの。私も彼に付いていくことに決めたのよ」

「アメリカですか」

「そうアメリカ。少なくとも三年」

カオリの言葉を聞いて、大二郎はほとんどその場に崩れ落ちそうになったが、なんとか堪えた。

「おめでトございます」そう一言小さな声で言うのが精一杯だった。

カオリは、七月の末日をもってヒマラヤ病院を退職し、熊田犀湖とともにアメリカへ旅立った。

あの晩、大二郎がシュンかと勘違いした人影は熊田犀湖その人で、大二郎の苦境を知ったカオリが密かに呼んでくれていたのだ。

かくして、榎本大二郎のあまりにも遅い初恋は、夏の夜空をこがす大輪の花火のように、見事に散ったのだった。

なお、言うまでもないことですが、本作品はフィクションであり、実在の人物、団体、事件、症例等とは一切関係がありません。

あとがき

父が亡くなってからようやく一年がたつ。享年九十三歳。九十歳を過ぎてから次第に認知機能の綻びが広がって、ついには寝たきりとなってしまった。

父の介護に携わってくださったすべての皆様、とりわけ妻には感謝の言葉しかない。

父は七十代に入ってから川柳に親しみ、市文化祭入選の小さな盾をいくつも残した。

父の作った句の一つに、「店長は畑にいます。無人売」というものがある。

いまでも、あの世でも、一心に畑で鍬をふるっていることだろう。

この一年間、私と言えば、ただ茫然として人生の有限であることを噛み締めるばかりだった。

そして、自分自身の記憶の薄れる前に、自分が生きて来た痕跡を何か一つでも残しておきたいと願い、今こうして一冊の本にまとめさせていただいた。

小人閑居して不善を為すの一例として御笑覧いただければ幸いです。

初出誌一覧

ヒマラヤ病院物語　県民文芸第61回　入選　（二〇二二年二月）
焼津八景　文芸やいづ第32号　入選　（二〇二二年三月）
小説　八雲の声　第30回小泉八雲顕彰文芸作品コンクール　奨励賞　（二〇二二年二月）
ストラテジストの週末　県民文芸第60回　奨励賞　（二〇二一年二月）
ダルマ市にて　文芸やいづ第23号　入選　（二〇一三年三月）
メリー・クリスマス　県民文芸第49回　奨励賞　（二〇一〇年二月）

大学の森　県民文芸第48回　静岡新聞社賞（二〇〇九年二月）
パークライフ（俳句）　県民文芸第45回　入選（二〇〇六年二月）
初時雨（俳句）　県民文芸第44回　入選（二〇〇五年二月）
その一年　文芸やいづ第４号　奨励賞（一九九四年三月）
水の記憶　文芸やいづ第３号　入選（一九九三年四月）
ヒマラヤ病院物語（二）ヒマラヤスギの木の下で　書き下ろし

著者紹介

1958年、静岡県焼津市生まれ
静岡県立藤枝東高校を経て、新潟大学法文学部法学科卒業
静岡県退職後、建築士をめざして、現在、愛知産業大学通信部在籍中

ヒマラヤ病院物語

2023年11月12日　初版発行

著　者　　　藁科裕之
発売元　　　静岡新聞社
〒422-8033 静岡市駿河区登呂3-1-1
電話　054-284-1666
印刷・製本　藤原印刷株式会社

ISBN 978-4-7838-8077-6